CW01660324

YŪKO TSUSHIMA

KÖPEKLERE VE DUVARLARA DAİR

Can Modern

Köpeklere ve Duvarlara Dair, Yūko Tsushima
Japonca aslından çeviren: Barış Bayıksel
水府 & 犬と塀について (*Inu to hei ni tsuite*)
İlk (bu çeviride kaynak alınan) baskı: Kawade Shobō Shinsha, 1982

1. basım: Haziran 2024, İstanbul
Bu kitabın 1. baskısı 5 000 adet yapılmıştır.

Dizi editörü: Şirin Etik
Editör: Eda Okuyucu
Düzelti: Ebru Aydın
Mizanpaj: Bahar Kuru Yerek

Sanat yönetmeni ve kapak tasarımı: Utku Lomlu / Lom Creative (www.lom.com.tr)

Baskı ve cilt: Melisa Matbaacılık Yayıncılık San ve Dış Tic. Ltd.
Maltepe Mah. Davutpaşa Çiftehavuzlar Sk. No: 16 Acar San. Sit.
Zeytinburnu, İstanbul
Sertifika No: 45099

ISBN 978-975-07-6360-1

CAN SANAT YAYINLARI
YAPIM VE DAĞITIM TİCARET VE SANAYİ A.Ş.
Maslak Mah. Eski Büyükdere Cad. İz Plaza Giz, No: 9/25, Sarıyer / İstanbul
Telefon: (0212) 252 56 75 / 252 59 88 / 252 59 89 Faks: (0212) 252 72 33
canyayinlari.com
yayinevi@canyayinlari.com
Sertifika No: 43514

YŪKO TSUSHIMA

KÖPEKLERE VE DUVARLARA DAİR

ÖYKÜ

Japonca aslından çeviren

Barış Bayıksel

can

YŪKO TSUSHIMA, "Satoko Tsushima" adıyla 1947'de Tokyo'da, modern Japon edebiyatının önemli isimlerinden Osamu Dazai ile bir öğretmen olan Ishihara Michiko'nun kızı olarak doğdu. Yazmaya Shirayuri Üniversitesi'nde öğrenciyken başladı, ilk hikâyelerini henüz yirmi dört yaşındayken yayımladı. Kariyeri boyunca Izumi Kyōka Edebiyat Ödülü, Noma Edebiyat Ödülü, Yomiuri Ödülü, Tanizaki Ödülü ve Osaragi Jirō Ödülü dahil birçok önemli ödül kazandı. Hikâyelerinde genellikle kadınlık meselelerini, yalnız anneleri ve deneyimlerini, toplumsal izolasyonu anlattı. "Kendi kuşağının en önemli Japon yazarlarından biri" kabul edilen yazar 2016'da Tokyo'da öldü.

BARIŞ BAYIKSEL, 1981'de Ankara'da doğdu. Kobe Üniversitesi Hukuk Fakültesi mezunudur. Kobo Abe'nin *Kumların Kadını*, *Başkasının Yüzü* ve *Virane Harita* kitaplarını çevirdi.

İçindekiler

SULAR ÂLEMİ

Oğlum, oturduğumuz mahalledeki akvaryumcunun camekânında, Avrupa'dakilere benzeyen o kaleyi gördüğünde tam yaz ortasıydı. O yaz, beş yaşına daha yeni basmıştı.

Kale, akvaryum aksesuvarlarından biriydi. Hava pompası takıldığında çıkan baloncukların kalenin köprüsünü kaldıracağı şekilde bir düzeneği vardı. Avuç içi kadar bir şeydi ama her birinde küçük pencereler olan üç adet kulesi ve mora çalan koyu rengiyle, çocuğun bunu gözüne kestirmesinde şaşılacak bir şey yoktu. Bu eski moda mor kale, suyun altında kim bilir nasıl da tuhaf bir güzelliğe bürünüyordu. Küçücük balıklar kulelerin o minik pencerelerinden salına salına geçeceklerdi. Baloncuk çıkaran pompayı durdurunca kale köprüsü inecek, balıklar açılan boşluktan şaşkınlıkla içeri gireceklerdi.

Hemen oracıkta satın alabileceğim bir fiyatı yoktu. Zaten ne kaleyi koyabilecek bir akvaryumumuz ne de hava pompamız olduğu gibi hiç süs balığımız da yoktu. Oğlumun kreşten alıp getirdiği, plastik bir kutuda beslediğimiz beş tane kedi balığımız vardı sadece. Onlar da atamadığım için evin bir köşesinde öylece duruyorlardı, o kadar.

Fakat çocuk kaleden vazgeçemedi. "Annem almazsa

ben de kendim alırım," diye karar verdi ve dükkân sahibine kaleyi mutlaka alacağını söyleyerek o gelene kadar kimseye satmaması için söz verdirdi. Parası olduğu zaman karşılığında bir şeyler alabileceğini artık idrak edebiliyordu. Bir ve beş yenlik bozuk paraları biriktirip tekli satılan şekerlerden satın almaya da başlamıştı. Kalenin iki bin üç yüz yenlik fiyatını aklına yazdı. Çocuklar için bir milyon yen de üç yüz yen de aynıydı.

Dükkânda birkaç çeşit Japon balığıyla beraber, pirinç balıkları, su kaplumbağaları, semenderler ve kerevitler de satılıyordu. Farklı büyüklük ve şekillerde akvaryumlar, aksesuvarlar, ilaçlar ve yemler de vardı. Kırklı yaşlardaki dükkân sahibi bu küçük dükkânı tek başına, kafasına göre işletiyor gibiydi. Dükkân, yokuştan inip çarşıya gittiğimiz yolun üzerinde olduğundan, oğlum her alışverişe gidişimizde önünde duruyordu. Camekândaki canlılara sahip olmak gibi bir derdi yoktu. Oğlumun söz vermesini istediği dükkân sahibi, çocuklarla ilgilenmeye alışkın bir şekilde, "Merak etme, bak şu rafa koyuyorum. Sen de para biriktireceksin ama ha, ona göre. E tabii pahalı biraz, para biriktirmesi de kolay değil. Olsun, bekleriz," diye cevap verdi. Çocuğun bu cevaptan mutlu olduğuna eminim ama ben bile sevinip adama gülümsedim. Çocuğun omzuna elini koyan adam da bana gülümsedi. Adamın gülümsemesi, "Merak etmeyin, elde kalmış zaten kim alacak ki," der gibiydi.

Basit bir sevinçti. Küçük oğlumun, adını bile bilmediğim bir adamla sözleşmesinden mutlu olmuştum. Adamın oğluma bakıp ona cevap vermesinden mutlu olmuştum. Adam için her çocuk az çok birbiriyle aynı olmalıydı.

Keyfim yerine gelmişti. Kedi balıkları için içi oyuk, kütük şeklinde bir seramikle sarı ve pembe yapay çiçekler aldım. Eve döner dönmez kedi balıklarının olduğu plastik kutudaki suyu bol taze suyla değiştirip kütüğü ve çiçekleri yerleştirdim. Kütüğün üzerinde plastik çimler de vardı. Hareketsiz duran kedi balıkları, yeni suyun şaşkınlığıyla kutuda dört dönmeye başladılar. Çiçeklerin yaprakları açılmış, balıklar hareket ettikçe suyun içinde hafifçe salınıyorlardı. O alacalı bulacalı renkleri suyun içinde hoş bir saydamlıkta görünüyordu. Yuvaları öyle güzel olmuştu ki neredeyse balıkları çıkarıp biz yerleşecektik. Oğlum da ben de coşmuştuk. Fakat ne kadar beklersek bekleyelim, kedi balıkları kütüğün içine girmeye yeltenmediler. Daha fazla dayanamayıp, "Ben onlara öğretirim," diyen oğlum elini suya soktu ve balıkları yakalamaya çalıştı. "Hemen anlamazlar. Çiçeklere alışmaları için bile daha zaman lazım. Bir ara kendi kendilerine kütüğün içindeki geçidi fark ederler, sonra da sevmeye başlarlar," dedim.

Oğlum başıyla onaylayıp yine suyun içindeki çiçekleri ve kütüğü izlemeye koyuldu.

İki-üç gün sonra kedi balıkları kütüğün içine girip dışarı çıkmamaya başladılar. Plastik çiçeklereyse haliyle ilgi göstermediler. Oğlum her gün suyu gözlüyordu. Fakat henüz tatmin olmamıştı. Aklı sualtı kalesindeydi. Alışverişe her çıkışımızda akvaryumcunun camekânına bakıyor, kalenin rafta olduğundan emin olup fiyatını söyleyerek bana teyit ettiriyordu: "İki bin üç yüz yen." "İki bin üç yüz yen." Parasını birer yen birer yen artırmaya başlamıştı. Dört yen. Yedi yen. On bir yen. Arada sırada, "Bayağı birikti," deyip parasını bana saydırıyordu. "Yirmi sekiz yen." Parayı sayıp söylediğimde de, "İki bin üç yüz yenden az mı, fazla mı?" diye soruyordu. "Az," diye cevap verdiğimde bu sefer de gayet iyimser bir şekilde, "Biraz daha mı lazım?" diyordu. Yapacak bir şey olmadığından onaylıyordum. Daha sayı saymayı beceremiyordu.

Günler böylece geçip giderken önce sonbahar, ardından da aralık ayı geldi. Çocuğun aklında hâlâ derin suların dibinde tuhaf ışıklarla parlayan kale vardı. Yalnız kale de değil; sualtındaki manzara gitgide genişliyordu. Kale en ortadaydı. Sualtı çiçekleri açmıştı; kurbağalar, suyılanları ve köpekbalıkları oynaşıyorlardı. Her birinin kendine ait evi, bir dağ ve dağın üzerinde bir teleferik bile vardı. Diğer taraftan o sevimsiz kedi balıkları yine bir köşede unutulmuşlardı.

Çocuk ne kadar biriktirmişti acaba? Noel gelip çatmıştı. Ona parasının eksik kısmını tamamlayacağımı, böylece sonunda kaleyi alabileceğimizi söyledim. Kaleyi alabileceğimiz günü ben de iple çekiyordum. Dükkân sahibine verdiğimiz sözü hatırladıkça, heyecanla, "Şu gün gelse," artık diyordum. "Bak biz sözümüzü tuttuk," dediğimizde adamın onaylayışını görmek istiyordum. Eften püften de olsa sözümüz sözdü.

Koşa koşa akvaryumcuya gittik. Tahmin ettiğim gibi, adam çocuğun yüzünü görür görmez, "Bugün almaya geldin ha," dedi. "Nasıl biriktirdin ama, aferin sana. Ben de seni bekliyordum zaten. İndirimi de hak ettin."

Çocuk da ben de rüyada gibiydik. Kendimizden geçmişçesine eve döndük. Kaleyle beraber satın aldığımız akvaryuma su doldurduk, yeni olan hava pompasını bağladıktan sonra nefesimizi tutup kaleyi suya batırdık. Benim bile kalp atışlarım hızlandığına göre çocuk kim bilir nasıl heyecanlıydı. O güzel sualtı kalesi nihayet kendini gösterecekti.

Fakat hafif plastikten yapılmış kale bir türlü suya batmıyordu. Elimizi çeker çekmez tekrar su yüzüne çıkıyordu. Bir ağırlık iliştirmeden olmayacaktı. Mutfaktan getirdiğim tirbuşonu üç kulenin tam ortasından geçirdim. Kale sonunda battı. Hava pompasının tüpünü kaleye bağlayıp fişe taktım. Pompadan hızla çıkan baloncuklar köprüyü yukarı kaldırdı. Başka da bir şey olmadı. Baloncuklar ifadesizce suyun yüzeyine doğru çıkmaya devam etti, o kadar.

Sıra kedi balıklarını akvaryuma koymaya gelmişti. Sonbahar gibi balıklar peşi sıra ölmüş, geriye sadece bir tanesi kalmıştı. O da bulanık, kopkoyu bir yeşile dönmüş suyunu hiç değiştirmediğimiz için çoktan ölmüş, suyun dibinde çürüyor olabilirdi. Balığın ölüsünü görme ihtimali, suyu değiştirme hevesimi kursağımda bırakmıştı. Balığın yaşadığından emin olan oğlumun koruyucu bakışları arasında plastik kaptaki suyu yavaş yavaş lavaboya döktüm. Kirli bir yeşile dönmüş plastik çiçekleri çıkardım. Kabın içindeki seramik kütük yana yatar yatmaz suyun içinde bir şey hareket eder gibi oldu. Balık hâlâ hayattaydı. Birden korkmaya başladım. Acaba nasıl bir canlı çıkacaktı oradan...

Kütüğü de çıkardıktan sonra, içindeki su iyice azalan kaba yeni su ekledim. Suyun bulanıklığı giderek azalıyordu. O suyu da döktüm. Bu sefer suyun dibinde kıvrılıp duran kedi balığını görebilmiştim. Görünüşünde herhangi bir değişiklik yoktu. Çocuğuma, "Tek başına nasıl da hayatta kalmış değil mi?" diye sormadan edemedim. "Evet, çiçekleri de temizle çabuk," diye gelişigüzel bir cevap verdi.

Çiçeklerin ve kütüğün üzerindeki salyamsı katmanı suya tutup temizledikten sonra onları da yeni akvaryuma koydum. Çiçekleri kalenin iki yanına, kütüğü de sol tarafa. Son olarak da kedi balığını koydum. Balık ağır ağır aşağı doğru yüzdü. Ne çiçeklere ne de kaleye ilgi göstererek akvaryumun dibine gidip ağzını cama yapıştırdığı için biraz yem attım. Hemen fırlayıp yemeye başladı.

Çocuk gözlerini sudan ayırmıyordu. İkimiz yan yana akvaryumu izliyorduk. Hiç de öyle denizin derinliklerindeki bir kaleye benzemiyordu. Çiçekler de o ilk güzelliklerini yitirmişlerdi. Akvaryum biraz küçük gelmişti. Oysa yüksekliği yirmi santimetreden ibaret bu akvaryumu kendim seçmiştim. Daha büyük bir akvaryum alıp tabanına çakıltaşları döksem, farklı farklı su bitkileri diksem, yüzeyinde yosunlar yüzdürüp rengârenk tropikal balıklar alsam, kale nihayet hak ettiği ihtişama kavuşur muydu acaba? Oğlumsa sessizce denizin içindeki dünyaya dalıp gitmişti. Belki de çocuklar retinalarına yansıyanları görmek istedikleri şeylere dönüştürebiliyorlardı. Suyun sessiz, karanlık ve sonsuz derinlikleri. Orada yalnız başına dikilen mor bir kale. Rüzgâr yerine ağır ağır akan su. Sıcağı barındırmadan süzülen solgun ışık.

Aklıma Ejderha Sarayı geldi. Yeryüzündeki insanlar, denizin dibinde, yeryüzünde yaşayanların gitmemeleri gereken soğuk ve güzel başka bir diyarın olduğuna inanagelmişlerdi. Göklerdense denizlerin altı bunun için çok daha uygundu. Sular hemen yanı başımızdaydı zaten. Ölüler diyarı. Ölüler diyarından da biraz farklıydı gerçi. Kötülüğün, korkulacak şeylerin olmadığı bir yer. İnsana ait tüm hislerin bir rüya gibi eriyerek akıp gittiği bir yer. "Urashima Tarō" hikâyesinde, denizin dibindeki Ejderha Sarayı'na giden bir adam yeryüzüne döndüğünde, zamanın denizin dibinde yeryüzündekinden farklı aktığını görür. Deniz altında geçen yüz gün, yer yüzünde yüz yıl olmuştur. Ne var ne yok her şeyin değiştiğini gören adam iç geçirip, "Şimdi anlaşıldı," der. Artık ne yaparsa yapsın, çoktun ölüp gitmiş olan ailesi için adamın daha gencecikken suda boğulup gittiği gerçeğini değiştirme şansı yoktur. Adam suda boğulmuş, yıllar geçtikçe tüm aile efradı da teker teker ölüp gitmiştir. Tüm hikâye bundan ibarettir. Oysa adam sular âleminden dönmüş, yapayalnız, çaresiz iç geçirmektedir. "Ne de olsa denizin dibine gidip döndüm, yapacak bir şey yok," der. "Tam hatırlayamıyorum ama yine de o kadar fena değildi. Karanlık ve sessizdi. Sular beni sarıp sarmalamıştı. Ben su olmuştum, su da ben."

Kömür madeninde büyük bir kaza meydana gelmişti. Yeraltındaki derin kuyulardan kurtarılanlar olmuştu. Kurtarma çabalarına son verilen birçok kişi de vardı. Yeraltında kalanların canlı çıkarılma ümidi olmadığı varsayıldığından, kuyularda başka grizu patlaması olmaması için bu insanların olduğu kuyulara su doldurulmaya başlanmıştı. Tonlarca su. Maden suyla dolmuştu. Beş-altı ay geçince sular kendiliğinden çekilecekti. Cesetler de ondan sonra toplanacaktı. Şimdi su hâlâ o insanları sarıp sarmalıyor. Yüz gün, yüz yıl oluyor. Zaman sessizce akıp gidiyor. Sular âleminde kesinti yok. Su, yeryüzüne yayılmaya devam ediyor. Suyun sarıp sarmaladığı kişiler de suyla beraber yayılıp nehirlere, denizlere dönüşüyor. Çocuğum da ben de sular diyarını en yakınımızda hissetmemize rağmen, nihayetinde oraya yaklaşamayacağımızı da bildiğimizden, dua edermişçesine hayallerimizi ona emanet ediyoruz. Oranın nasıl bir yer olduğu hakkında hiçbir şey bilmememize rağmen sular diyarını bir türlü unutamıyoruz.

Çocukken yeraltı suyunun ne demek olduğunu tam kavrayamadığım için, üzerine bastığım yekpare bir zemin, onun altında da sular olduğunu düşünürdüm. "Öyleyse bu bastığımız yere hiç güven olmaz," diye hayret ederdim. "Suyun üstünde yüzdüğü sürece yerin ne zaman batıp suların ortaya çıkacağını bilemezsin. Yeri fazla dürtmeden usulca yürümem lazım. Öyle kafana göre kazmak falan ise söz konusu bile değil." Bu düşüncelerden kurtulamadığım bir dönem oldu. Kaç yaşındaydım ki? Su birikintilerine de basmıyordum artık. Öyle bir masal da vardı zaten. Bir su birikintisine basarsam suyun dibine batıp gideceğimi düşünmeden edemiyordum. Dikkatle bakınca dipsiz sular âlemine giriş kapısıymış gibi görünüyorlardı zaten. Şimdi kendi küçük çocuğumu su birikintilerine basarken gördüğümde bile ödüm kopuyor.

Küçükken bu dünyada en iyi bildiğim yer evimiz ve evimizin yanındaki küçük mezarlıktı. Mezarlıktayken yeraltı sularını hemen ayağımın altında hissedebiliyordum. Mezarlıkla o kadar içli dışlı bir çocuktum ki, yeraltı sularının bu mezarlıktan yeryüzünde ne kadar yer varsa alttan alttan buralara doğru yayıldığını sanıyordum muhtemelen. Evin bahçesinden çıkar çıkmaz mezarlık başlıyordu. Her mezarlıkta olan o dar yürüme yollarından burada da vardı. Üzerindeki toprak hep nemliydi. Evin bahçesiyle yan yana olmasına rağmen buradaki toprak farklıydı. Mezar taşını çekip çıkarsam, yeraltı sularına giden bir geçidin (ana delik) açılacağını sanıyordum. Mezarların bu tür yerler olduğundan emindim. "Açılan delikten bakarsam ölülerin sürüler halinde yüzdüğü yeraltı sularını görürüm. O yüzden mezar taşlarını devirmek, yerinden oynatmak olmaz. Fakat mezar taşları tıpa görevi gördüğü sürece, boşlukların olduğu başka yerlere nazaran mezarlık çok daha güvenli." Bu tür şeylere inanıyordum; mezarlıktaki yeraltı sularının başka yerlerdekiler gibi durup dururken çığrından çıkmayacağına.

Beni babamın mezarına ilk götürdüklerinde sanırım üç yaşındaydım. Babam öleli tam iki yıl dolduğuna göre muhtemelen Budist töreni yapılıyordu. Bunu o zamandan kalan bir fotoğraf üzerinden söylüyorum, yoksa o âna dair hiçbir hatıram yok. Altıncı senesi dolduğunda da yine babamın mezarına gitmiştik. Mezarlığın iyice nemlenmiş toprağında ayağım kayıp, "Böyle bir yerde yürümek istemiyorum," diye duraksayınca yetişkinler yürüyüp gitmiş, bense nereye gideceğimi bilemeden o daracık, bir çocuğun gözünde tünele benzeyen mezarlık yolunda tek başıma yürümek zorunda kalmıştım. Hangi gidişimdeydi acaba? O gün duyduğum korku hep içimde kaldı. Benim için her mezarlık aynıydı. Evimizin yanındaki mezarlık aynı zamanda babamın da mezarlığıydı. Annemin mutfakta oluşu benim için nasıl normalse, babamın mezarlıkta oluşu da o kadar normaldi.

Babamın yerin üstünde değil de suyun içinde öldüğünü nasıl olduysa öğrenmiştim. Çocuklar bir şeyi nasıl öğrenirlerse öyle. On yaşındayken "suda intihar etme"nin ne demek olduğunu da öğrendim. O sıralar babam yerüstünde ölmediği için biraz rahatlamıştım da. Yerüstünde ölmekle suyun içinde ölmek benim için aynı şeyler değildi. Suda ölümü "ölüm" olarak düşünemiyordum.

Annem yine şemsiyesini unutup gitti. Yetmişini geçti ama nerden bakarsan bak daha otuz-kırk yıl ömrü var. Niye hiçbir şeyi unutmaz da hep bu şemsiyesini unutur, diye sinir oluyorum. Kapının yanındaki şemsiyelikte duran o şemsiyeyi her gün fark ettiğim halde, yaşlı anneme şemsiyesinin bende olduğunu haber vermiyorum. Hele şemsiyeyi alıp götürmek aklımın ucundan bile geçmiyor. Orada öylece duruyor.

Benim ve çocuğumun şemsiyelerimizin de durduğu şemsiyelikten, bir tek annemin şemsiyesinin o uzun siyah tutacağı yana doğru çıkıntı yapıp zaten daracık olan holden girip çıkmayı iyice zorlaştırıyor. Yine de mümkünse annemin şemsiyesine dokunmak istemediğimden, yerini düzeltmeye yeltenmiyorum. Bu sefer de annemin şemsiyesinin bende oluşu daha bir gözüme batmaya başlıyor.

Yine tıpkı bunun gibi unuttuğu bir şemsiye daha vardı. Annem bana gelip de şemsiyelikte duran şemsiyesini fark etmediği sürece geri alamayacağından, bende durması normaldi. Buna rağmen kendim anneme bir türlü söyleyemeyip her taşınışımda o şemsiyeyi de beraberimde götürüyordum. Şimdiyse göz önünde durmayacak bir yere kaldırmıştım.

Annem, şemsiyelerini kaybettiğinin farkında olmalı. Kızının evinde unuttuğunu mu hatırlamıyor acaba? Buna ihtimal vermediği için mi hiç sormuyor?

İncir çekirdeğini doldurmayacak bir şeye takıldığımın farkındayım. Buna sinir de oluyorum.

"Kızımın evinde bıraktığıma göre şemsiye artık onundur," diye cömert bir düşünce de olabilir. "Şemsiyenin fazlası göz çıkarmaz. Almaya kalksan bir sürü para. Onun da işine gelir. Zaten bir şemsiyesi kırılacak olsa, kırıldığıyla kalır. Öylece bırakır."

Eğer düşüncesi sahiden buysa, asıl o zaman, "Altı üstü bir şemsiye için amma da inatlaşıyor," izlenimi uyandırmak istemem. Gidip şemsiyeyi verip gerçekten bunları dinleme düşüncesi de korkutucu. O an hastaymışım gibi bir sinir krizi geçirmekten korkuyorum.

Belki de annem, "Bir şeyleri unutmam olacak iş değil," diye kendi yaşlı halini koruyordur. Sahiden de öyle bir şeyler unutacak bir kadın değildi. Şemsiye dışında bir şey unuttuğunu da görmedim. Unutuşu şimdilik şemsiyelerle sınırlı. Tam da bu yüzden şemsiyeleri unuttuğuna ihtimal vermek istemeyip, üstelik hep bir şeyler unuttuğu için bugüne kadar sürekli azarladığı kızının evinde unutması ise daha da beter olacağından, herhalde aklının bir köşesinde, şemsiyenin buhar olup uçtuğunu falan düşünüyor olabilir.

Gerçekte hangisi bilmiyorum. Altı üstü bir şemsiye için sinir krizine girme ihtimali olan kızından çekinip söyleyecekken söylemiyor da olabilir. Annemin ne hissettiğini bugüne kadar anlamışlığım yok. En ufak bir fikrim yok. Bu yüzden o şemsiyeyi anneme geri veremiyorum.

Yağmurlu pazar günlerinde, evli barklı adamın tekine gönlünü kaptırıp ondan yaptığı çocuğu tek başına yetiştiren kızını hatırlayan anne, kızı gibi kendisinin de yalnız yaşadığı evinden yola çıkar. Dönüş yolunda hâlâ yağmur yağıyorsa şemsiyesini açacaktır. Tabii yağmur dinmiş de olabilir. O zaman da şemsiyeyi kızının evinde bırakıp öyle çıkar. Kızı şemsiyeyi görünce şaşırıp korkar. Annesi de şemsiyeyi unutmuş olmasına şaşırıp korkar. Oysa ne kadar da önemsiz bir şey. Oysa ne kadar da anlamsız bir şey.

Su... Her gün, keşke insanlar su olmadan da yaşayabilse, diye düşünüyordum. Bir kez olsun suyun karşısına geçip, "Benim sana ihtiyacım falan yok," diye kestirip atmak istiyordum. Ortak kullandığımız kuyuya gidip gelmek gerçekten zulümdü. Ne kadar tutumlu kullandığımızı sanırsak sanalım, bir ufak çocuk, bir de bebek olduğu için gün içinde defalarca kuyuya gitmek gerekiyordu. Herkes aynı şeyi yapsa bunu kabullenebilirdim belki. Fakat kuyu kullanılan dönemler artık geride kalmasına rağmen bu kuyuyu bir de ortaklaşa kullanıyorduk. Sinir olmamak elde değildi. Bir bahçe, bahçede de bir kuyu olsa, yağmur yağmadığı sürece orada rahat rahat çamaşırımı da, elimi ayağımı da yıkardım. Öylesine zaten çocukluktan alışkındım. O berbat hisleri yaşamak zorunda kalmazdım. Köyde, kasabada değil de koskoca Tokyo'da yaşayacağımızı bildiğimden kendimi ona göre hazırlamıştım. Daracık bir yerde yaşayacak olmaktan herhangi bir memnuniyetsizlik duymuyordum. Ama suyun olmayacağı aklımın ucundan bile geçmemişti. Şehir suyunun gelmediği bir evin olabileceğine ihtimal vermemiştim. Gel gör ki kocamın kiralamaya gelişigüzel karar verdiği yer, kuyuları ortak olan, karşılıklı sıralanmış on evden biriydi. Bu yetmezmiş gibi bir de kuyudan en uzaktaki ev bizimkiydi. Artık köylerde bile musluk suyu öyle lüks falan sayılmıyordu. Tokyo banliyösündeki bu yeni yerleşim yerinde köy yaşantısının en zahmetli taraflarıyla büyükşehir yaşantısının en kötü tarafları bir araya gelmişti.

Dağ başında olsam birilerine anca kırk yılda bir rastlardım. Dere mi akıyor, tepe tepe kullan. Göl mü var, al o da senin. Şehir için de aynı şey geçerliydi. Fazla insan yoksa, kimseyle yüz yüze gelmiyordun. Musluktan akan suyu, parktaki fıskiyeleri, havuzları kendi suyunmuş gibi kullanabilirdin. Ama bir tek bu evde kendime ait suyum yoktu.

Suyun ne kadar ağır olduğunu ilk kez o zaman anladım. Kuyudan eve her su taşıyışımda içim bir kötü oluyor, "Bu neden bu kadar ağır ki?" diye düşünüyordum. Ağır. Çok ağır. Böyle taşınmaması gerekiyordu da ondan. Suyun kendi kendine akması gerekiyordu da ondan. Su tanrısı, "Ne işin var o suyla?" diyerek suyu tekrar yerin içine çekmeye çalışıyordu da ondan. O yüzden ağırdı. Suyla beraber beni de yere çekip batıracaktı. "Bu ağırlıktan mı korkuyorsun? Korkuyorsan suyu dök. Suyu hemen dök." Su tanrısı, yaz kış, yağmur çamur demeden her gün suyun ağırlığı altında inleyip fenalık geçirecek gibi olan bana sinirlenip emirler yağdırmaya, bense su taşımaya devam ettim. Kuyudan eve kadar hiç durup dinlenmeden. "Bir durdum mu bu su bir daha elime geçmez," diye mırıldana mırıldana. "Su tanrısını dinleyemem. Suya ihtiyacımız var. Su olmadan yaşayamayız."

Her gün su taşımaya devam ettim. O suyla pirinçleri yıkayıp, miso çorbası yapıp, çamaşır yıkayıp üstümü başımı sildim. Sonrasında giderek karnım büyüdü ve bebeğim dünyaya geldi. Üçüncü bebeğimdi. O evde doğan tek çocuğum oydu. Diğer çocuklar, köy yeri olmasına rağmen suyun doğru düzgün aktığı bir evde doğmuşlardı. Banyo bile vardı.

Bebekler artınca kullandığımız su da arttı. Ben kuyudan su taşımaya devam ettim. Bebeğim başka su bilmeden sorunsuzca büyüdü. Küçücük evin içinde emeklemeye başladı. Oturmaya, ayağa kalkmaya başladı. Çocuklarımın en büyüğü ilkokula başladı. Ortanca, sudan yana şanslı olduğu halde her nedense bir tuhaftı. Dört yaşına geldiğinde bile sadece emekleyebiliyordu. İki tane bebeğim varmış gibiydi. Salyası da bezi de, pişiği de hastalığı da iki kişilikti. "Amma çok su gerekiyor," diye taşıdığım su miktarına şaşırıyordum. Ne kadar taşırsam taşıyayım yetmiyordu. Nedenini bir türlü anlayamıyordum. "Ne kadar aptalız," dediğim zamanlar da oluyordu. "İnsanlar karaya çıkıp yaşamaya başladıkları için oldu tüm bu saçmalıklar. Madem o kadar su lazım, suya geri dönelim, olsun bitsin. Eksikliğini çekmeyiz böylece." Kuyudan su çekerken, "Şu pompayı söküversem açılan delikten suya geri dönebilirim," diyordum.

Günün birinde kocam suya geri döndü. Ben su tanrısının ayartmalarına kendimi kaptırmış, tek başına tek bir işi yapmayı bile doğru düzgün beceremeyen kocamdan gözümü bir anlığına ayırdığım sırada, benim yerime kocam suya kapılıp gitti. Doğru, o sıralar aklım kocamdan çok su tanrısındaydı. Ama su tanrısının böyle bir işe kalkışacağını nereden bilebilirdim? Kocamın başka bir kadını görmeye gittiği, ondan çocuk yaptığı, yüzüme bakmadan kaçıp durduğu ve benim de zaman zaman, "Lanet herif, sen nasıl kocasın!" diye küplere binip avazım çıktığı kadar bağırdığım doğruydu ama ondan nefret etmiyordum. Onu seviyordum.

Evimizin yakınlarındaki küçük bir dereydi. Yağmur yağıyordu. Küçük dere taşmıştı. Birkaç gün sonra kocamla bir kadının cesetleri beraberce su yüzüne çıktı. Fakat bunun benim için hiçbir anlamı yoktu. Su tanrısı boş kabukları geri atıyordu sadece. O berbat haldeki ceset benim kocam değildi.

Gözlerimi su tanrısına diktim. "Kocamın kulağına neler fısıldadın sen? Suların içinde ona ne gösterdin?"

Su tanrısının keyfi yerindeydi. Bardaktan boşanırcasına yağmur yağdırıyor, derenin bulanık suyunu hortumlarla gökyüzüne çıkarıyor, beni sırılsıklam ediyordu. "Göster bakalım nasıl yas tutuyormuşsun. Gözlerin parçalanırcasına ağla hadi. Bak, bu seni sırılsıklam eden şey su işte. Derdin suysa sana istemediğin kadar vereyim. Burada sudan başka bir şey yok. Evet, su. Olduğun yer su içinde. Kocan da su oldu. Su. Evet, su. Sen artık suyun karısısın. Kulakların suyun sesiyle sağır olacak. Bedenin suyun ağırlığı altında paramparça olacak."

Gözlerimi öfkeyle su tanrısına dikmeye devam ettim. Ne onun beklediği gibi yas tuttum ne de ondan korktum. Su tanrısı, insanların kabul etmek istemedikleri bir şeye zorlandıklarında içi boş, saydam bir canlıya dönüştüklerini bilmiyordu. İçi boş bir insanaysa su tanrısının sözleri vız gelirdi. Öfkeli gözlerimi üzerinden bir an olsun ayırmıyordum. Bu sayede nefes alıp verebiliyordum. Suyun sesini duyabiliyordum ama kulaklarım sapasağlamdı. Kuyudan su taşımaya devam ettim. Her tarafım suyla kaplı, sırılsıklam olduğum halde su taşımaya devam ettim. Aynı kuyuyu kullandığım kadınlar suyun öbür tarafında kıvranıp duruyorlardı. Yol da diğer evler de suyun öbür tarafındaydılar. Beni merak edip neredeyse her gün görmeye gelen kardeşim, hatta çocuklarım bile suyun öbür tarafındaydılar. Su bulanıp köpürdüğü için öbür tarafta ne olduğunu net göremiyordum.

Fakat suyun içindeyken de nefesim kesilmedi. Bir anda içinde bulunduğum şeyin su falan olmadığını fark ettim. Su tanrısı da olsa her şeye muktedir değildi sonuçta. Çocuklarımı, gözlerimin önündeki suyun içinde arayıp, zorla oradan çıkarıp kendi koynuma çektim. Bedenleri sıcacıktı. Güneş kokuyorlardı. Onlara sarıldım ve ilk defa uzanıp gözlerimi kapatabildim.

Çok geçmeden, artık su tanrısının değil etraftakilerin bakışlarına karşılık vermek zorunda olduğumu fark ettim. Acımaları da yardımları da aslında tuhaf bir şeye yanaşma merakıydı. Büyüklük taslamaktı. Başımı öne eğip lütuflarına karşılık verecek halim yoktu. Kocam hayattayken de, "Bu evde bir işler dönüyor," diye evi göz hapsinde tuttukları kesindi; kocam öldüğüne göre artık çekinecek bir şeyleri kalmamıştı. "Kadın kadınayız, hiçbir şey saklamana gerek yok. Karşılıklı yardımlaşmayıp da ne yapacağız, öyle değil mi? İçine atma sakın, derdini söyle ki derman bulalım." Hepsi bir boşluğunu yakalayalım da içeri dalalım diye fırsat kolluyorlardı. Bıraksam çocuklarımı da kendilerine benzeteceklerdi. Kuyuya her gidişimde yoldaki diğer kadınlara gözlerimi dikiyor, konuşmaya çalışacak gibi olurlarsa dişlerimi gıcırdatıp sinirden titreye titreye başımı çeviriyordum. Evimin kapısını da kilitlemeye başlamıştım. Kötü kadın rolü hemen benim üzerime kalmıştı. Yan yana dizili o kiralık evlerdeki kadınların aralarında neler fısıldaştıklarını bilmiyordum. Düşüncesi bile aklımı kirletecek gibiydi.

Orada kalmanın bir anlamı yoktu. "Bak kaçtı işte," diye düşünecek olmalarını sindiremiyordum ama bu boş kadınlardan kendimi korumak da yorucuydu. Bu yorucu işte ısrar etmenin bir anlamı yoktu. Köydeki evi kapatıp Tokyo'ya taşınan erkek kardeşimin yanına gittim. Çocukluktan beri aramız iyi olduğu için kendimi rahat hissediyordum. Üstelik kardeşimin tek başına yaşadığı bu evde su olduğu için, musluğu çevirir çevirmez istediğin kadar arıtılmış temiz su akıyordu. Musluktan fışkıran suyu görünce gözyaşlarıma hâkim olamadım. Hüngür hüngür ağladım. Kardeşim de artık dayanamamış olacak ki, "O evde ağlarken sesini bile bastırıyordun değil mi?" diye sordu. Gözyaşları arasında gülmeye başlayıp, "Ondan değil, sudan. Suyun bu kadar kolayca akmasına şaşırdım sadece," diye cevap verdim ona.

Kardeşimle yaşarken hiçbir zorluk çekmiyordum. Musluğun ucundan su tanrısı da çıkmıyordu. "Keşke kardeşimle böyle yaşayıp gidebilsem," diyordum. Kocam artık su tanrısınındı. Bu durumda çocuklarla kan bağı olan tek erkek, kardeşim oluyordu. Çocuklar hâlâ çok küçüktü. Kardeşim yanımdayken, çocukluğumuzda olduğu gibi, "Sen benim sözümü dinle yeter," deyip tek başına bir iş beceremeyen kardeşinin elinden tutan o güçlü abla karakterine dönebiliyordum. Benden altı yaş küçük olan kardeşim beyaz tenli, kocaman gözleriyle sevimli mi sevimli bir çocuktu. Benim için uzun süre gurur duyduğum bir oyuncak gibi olmuştu. Bilmeyenlere zorbalık gibi görünecek kadar azarladığım da olurdu onu, hüngür hüngür ağladığında bir anne gibi bağrıma bastığım da. O kadar tatlıydı ki saçını, kulağını çekmeden duramazdım. O da beni çok severdi. Büyüyüp de benden koptuğunda bile ne zaman görüşsek bana o aynı gözlerle bakardı.

Ama çocuklarla beraber kardeşimin yanında uzun süre kalamazdım. Otuzunu geçmiş bir ablayla daha yirmilerinde bir kardeşin aynı çatı altında oturmasına başkaları ne derdi bilemem ama, kafası zehir gibi çalışan, bekâr, üniversitede derslerine devam eden kardeşim hakkında gereksiz dedikodular çıkmasını istemiyordum. Köydeki anne babamız öldüğünde, o zamanın âdetlerine uygun şekilde evin büyük oğlu olarak aile mirasını devralan kardeşim, nerden bakılırsa bakılsın gelecek vaat eden pırıl pırıl bir gençti.

Nihayetinde, sadece bir ay kadar kaldığım kardeşimin evinden çocukları da alıp çıktım. Kardeşim köydekilere durumu anlattı ve akrabaları, mirasın bir kısmının bana geçirilmesi için ikna etti. Ne yiyip ne içtiğimizle de ilgileniyordu. Ortanca çocuğumu üniversitenin hastanesine götürdü. Bir an önce bizim için endişelenmeyi bırakması için elimden ne gelirse yapmama rağmen sürekli kardeşimin yardımına muhtaç oluşum beni öyle utandırıyordu ki, durduk yere ona olmadık şikâyetlerde bulunuyordum. Kardeşim, evden ayrılmaya karar verdiğimi söylediğimde şiddetle karşı çıkıp sonunda da dayanamayarak ağladı. "Niye bu kadar inat ediyorsun ki abla? Bir kardeşin ablasına yardım etmesi suç mu? Bunda garip olan ne var ki? Sen hep benim ablam olarak kalacaksın, değişen bir şey yok. Ben küçük kardeşim ama bir şekilde şu an kendimi idare ediyorum. Bırak da yardımcı olayım."

Kardeşim böyle konuştukça, onun eline bakmak zorunda olmak daha da ağırıma gitmeye başladı. Oysa elimden gelen başka hiçbir şey de yoktu.

Zaman akıp giderken ömür boyu iyileşmeyecek bir zekâ geriliği teşhisi konulan ortanca da sonunda yürümeye başladı. En küçükleri de üç yaşına girdi, dört yaşına girdi derken emin adımlarla büyümeye devam etti. Çocuklarla beraber geçirdiğim her günden derin bir mutluluk duyduğumu fark etmiştim.

Çocuklarımla yaşamaya karar verdiğim ev bir yolun sonunda, mezarlığın hemen yanındaydı. Kimse rahatsız etmeden çocuklarımla baş başa yaşamak için birebirdi. Suyu da akıyordu tabii ki. Hatta kardeşimin evinde olmayan banyo bile vardı. Evin etrafında çiçek yetiştirmeye başladım. Çiçekler şaşılacak ölçüde güzel açıyordu. Her biri rengârenk olan çiçeklerden gözümü alamıyordum. "Nasıl oluyor da bu kadar güzel renkli çiçekler o yeşil saplardan, toprağın altındaki o köklerden çıkabiliyorlar?" diye düşünmeden edemiyordum. Yaz gelince çocukları verandanın önündeki leğende yıkıyordum. Çocuklar leğenin dibinde kalan azıcık ılık suyla canları çıkana kadar oynuyorlardı. Çiçek açmış yıldız çiçekleri, ayçiçekleri, kirli hanım çiçekleri etraflarını çevreliyordu. Sonbaharda yıldızpatları açıyor; kışın verandada çocukların kazaklarını dikiyor, söküklerini yamalıyordum. Kamelyalar, sülün gözü çiçekleri açıyordu. Pırıl pırıl ışıkların içinde kendi kendime yetiyordum.

O sıralarda kocamın memleketindeki evinden çocuklar adına belli bir miktar para gelmeye başladı. Ben de yavaş yavaş evden yapılabilecek işlere giriştim. Kardeşim evlendi. Elimden geleni yapmak istedim. Fakat ben bir şeyler yaparsam kardeşimin eşi olan genç kız yeni başlayacağı hayata dair bir endişe hisseder diye pek de karışamadım. Kardeşim evlendikten sonra karşılıklı ev ziyaretlerimiz giderek azaldı. Buna üzülmek için bir sebebim yoktu.

Günler, yolun sonunda, rahatsız edilmeden sessiz sedasız geçiyordu. Çocuklar dışında kimsenin yüzünü göresim yoktu. Çocuklar da en çok yanı başımdayken mutluydular. Evden uzakta oynamak istemedikleri gibi kimseyi de yanlarında getirmiyorlardı. Üç çocuğum ve ben birbirimize yetiyorduk.

Hepsi söz dinleyen, bana karşı nazik çocuklardı. Çocuk büyütmekte hiç sıkıntı çekmemiştim. Ortanca özel bir merkeze gitmeye başlamıştı. Kimle karşılaşsa güldüren, naif, tertemiz, bahar güneşi gibi bir oğlan çocuğuydu. Büyükleri de güzel bir genç kız olup çıkmıştı. Sadece güzel değil, aynı zamanda da zekiydi. Sessiz, aklıyla hareket eden bir kızdı. En küçükleri de kendi halinde, sevecen bir kızdı. Ayrıca her biri annelerini sevip sayıyor, ahalinin gözünden, dilinden kendilerince koruyorlardı.

Banyonun penceresinden ay görülebiliyordu. Küçük ve ortancayla beraber küvete girip o sıcacık suyun içinde oturarak ayı izlerken, "Bu bana yeter, bundan daha büyük mutluluk olabilir mi?" diye düşünürdüm.

Çocuklarım. Her gün biraz daha büyüyen, üç tekerliden inip iki tekerli bisiklet sürmeye başlayan çocuklarım. Yağmur yağdığı zamanlarda, ev eski olduğu için çok fena su sızdırıyordu. Evde ne kadar kap kacak, tencere, kova varsa su akıtan yerlerin altına koyuyor, yatma vakti geldiğinde yatakları yere binbir güçlükle seriyorduk. Tabii çocukların keyfi yerinde oluyordu. Sızan yağmur suyunun sesi evin içinde farklı şekillerde yankılanırdı. Keskin sesler. Tizler, pesler. Sızan su, bazı yerlerde büyük damlalar halinde kaplara düşüp etrafa sıçrıyor, bazı yerlerdeyse küçük damlalar halinde sürekli akıp duruyordu. Çocuklar her işten bir eğlence çıkarmayı bilirlerdi. Su damlalarının aktığı kap kacağın yerini değiştirip çıkan farklı sesleri dinliyor, bazen de kapları yana çekip düşen damlaları son anda yakalıyorlardı. "Artık imkân yok yatağa girmezler," diye uyutmaya çalışmaktan vazgeçtiğim anda bir de bakmışım ki sesleri kesilmiş, sızan yağmur damlalarının arasında her zamankinden daha huzurlu yüzlerle uyuyakalmışlar.

Arkalarından ben de kalan ev işlerini halledip gece yarısına doğru yatağa giriyorum. Işıkları kapatıyorum ve tüm ev kapkaranlık oluyor. Sızan yağmur suyunun yankısını sanki bedenimde hissediyorum. Uykudaki çocukların soluk alıp verişleri hafif hafif duyuluyor. Sızan yağmur suyunun sesi sanki her an kesiliverecekmiş gibi; ama hiç kesilmeden yankılanmaya devam ediyor. Gözlerimi kapatıyorum. Büyüklü küçüklü yağmur damlaları bir anda üzerime hücum ediyor. Büzülüp kalıyorum. Su bir nehir gibi üzerime akıyor. Güm güm atan kalbimi, "Uyumalıyım, hemen uyumalıyım," diye sakinleştirmeye çalışıyorum. Su, çamurlu bir akıntıya dönüşüyor. Çamurlu akıntı bedenimi sarıp sarmalıyor. Kıvranıp inliyorum. Su çok ağır. Of, yine mi? Bedenim parçalanacakmış gibi. Su tanrısının kaprisleri tekrar başlıyor. "Çocukların ne âlemde? Bu suyun farkında değiller mi hâlâ?" diye mırıldanıyor.

Çocuklar suyun diğer tarafında uyuyorlar. Su hep çocukların yanı başında, sessizce akmaya devam ediyor.

... Zekâ geriliği olan abim öldükten yıllar sonra ben de anne oldum. Tek bir oğlan çocuğu. Abimden farklı olarak normal bir çocuktu. Doğum öncesinde de sonrasında da babamın ve abimin küllerinin olduğu mezara gitmedim. Annemin gidip gitmediğini ise bilmiyorum.

Annem arada sırada beni ziyaret ediyor. Yüzünü görür görmez çocukluktan kalan alışkanlıkla telaşlanıp savunmaya geçiyorum. Annem bu halimi, aptalca bir süreçte çocuk sahibi olup inatla tek başıma büyütmeye çalışmama yoruyor, "Öyle delirmiş gibi çocuğu kendi ellerinle korumana gerek yok," diyor. Ama yüzünden, "Bu kız yaralı bir anne ayı gibi, fazla üstüne gitmemek en iyisi," diye düşündüğü anlaşılıyor. "Ne yapsam kızım sevinir acaba?" diye etrafımda dört dönüyor. "Ne olursa olsun, kızım için bir şeyler yapayım ki o da biraz nefes alsın. Tek başına çok zorlanıyor. Çocuk da çok talihsiz. Hem ben ve ablası kollarımız açık onu beklerken yanımıza dönmesinden daha doğal ne olabilir?" diye düşünüyor. Annem, evli olan ablamın oturduğu evin hemen yakınında inatla tek başına oturmaya devam edip benim döneceğim günü bekliyor.

Daha dün, akşam yemeği için hazırladıklarını almış, otobüsle yarım saatlik mesafeden getirmiş. Tutup da yaşlı anneme gelmemesini söyleyecek değilim. Belli ki gelmek istiyor. Kendinden çok kızını düşünmeye çalışan yaşlı bir anne.

Oğlumu da alıp üçümüz sofraya oturduğumuzda,

karşılıklı konuşabildiklerimiz eften püften gündelik olaylardan ibaret. O anlarda bile ağzımı fazla açmıyorum ki yanlışlıkla bir şey söyleyip zorluk çektiğim düşüncesini uyandırmayayım. Yalnızca çocuk, aklına her geleni, alakası olsun olmasın, rahatça söylüyor.

Yine aklına bir şey gelmiş gibi, "Anneanne," diye lafa girdi. "Sen aslında korkunçsun değil mi?"

Annem gülümseyerek cevap verdi. "Olur mu öyle şey, ben senin sevecen anneannenim."

Çocuğun sözlerini duyunca, diken üstünde, "Konuşmadan yemeğini bitir," diye sinirli bir sesle araya girdim. Ne demeye çalıştığını tahmin ediyordum.

"Nerem korkunçmuş bakalım?" diye sordu annem, çocuğun sözlerine takılmıştı.

"Anneme vurmuşsun ya! Sopayla vurmadın mı?"

Çocuk kayıtsız, neşeli bir sesle konuşuyordu. Ben şaşırıp kalmış, sus der gibi çocuğun yüzüne bakıyordum.

Yaşlı annem bir anlığına şaşkınlıktan dilini yutmuş gibi görünse de yüzünde acı bir gülümsemeyle cevap verdi: "Olur mu öyle saçma şey?"

"İyi de annem öyle dedi."

Çocuk, ağzından çıkan sözlerin yetişkinlerde yarattığı şaşkınlığı görünce iyice ısrar etmişti. Bense artık kafamı kaldıramıyor, sadece önüme bakıyordum.

Fakat annem yine acı acı gülerek gelişigüzel bir cevap verdi: "Yalan canım, olur mu öyle şey. Hiç öyle birine benziyor mu anneannen?"

Çocuk biraz düşündükten sonra neşeyle, "Yalanmış demek, ben de bir şey sandım," dedi.

"Öyle tabii, ne saçma şey."

"Annem yalan söyledi, annem yalan söyledi!" Çocuk bağırıp çağırıyordu.

"Niye yalan söyledin anne?"

"Kim bilir... Hadi, sebzelerini de ye."

Afallayan annem, daha fazla uzamadan konuyu kapatmak ister gibiydi. Kendi kendime, "Kulak asma," diyordum. Tıpkı annemin, çocuğun karşısında geçmişin o rahatsız edici anılarını hatırlamak istememesi gibi. Fakat sessiz kalmayı beceremedim.

"Böyle bir şey için yalan söyleyecek halim yok."

Heyecanım sesime yansıyınca çocuk şaşırıp bir bana bir anneannesine bakmaya başladı. Titreyen sesimle devam ettim.

"Doğruyu söylüyorum."

Yaşlı annem üzüntüyle içini çekti.

"Öyle mi? Peki, uzatmayalım."

Üçümüz de susuyorduk. Annemin yakasına yapışıp bağırmamak için kendimi zor zapt ediyordum. Annemle yüz yüze gelmek bunun fitilini ateşleyebileceği için, o gidene kadar evin bir köşesinde o günkü çamaşırları ağır ağır katlayıp durdum. Annem tek başına masayı toparladıktan sonra bana da televizyon izleyen oğlana da ses etmeden sessizce çıkıp gitti.

Sonrasında, annemin gerçekten de hiçbir şey hatırlamıyor olabileceği ihtimali aklıma geldi. Aklım karışmıştı. Eğer öyleyse çok incinmiş olmalıydı. Zihnimde onun gece, eve dönüş yolunda şaşkına dönmüş bir halde yürüyen yaşlı silueti canlanıyordu. Yatağında bir türlü uyuyamayıp, acı içinde sayıklayıp inlediği geceler tekrar başlayacaktı. Annemin bu durumu karşısında ben de şaşkına dönmüştüm.

Bir keresinde, "Annem korkunç ama anneannem çok iyi," dediğinde, çocuğa şöyle cevap vermiştim:

"İnsanın kendi çocuğu çok kıymetlidir de ondan. Kendi büyüttüğün çocuğa öyle sürekli gülüp duramazsın. Anneannen de bana annelik yaparken korkunçtu. Sözünü dinlemediğimde beni döverdi. Sopayla vurduğu bile olurdu. Ama torununa karşı çok iyi tabii. Orası öyle. Ben de başkasının çocuğuna karşı aynı böyle iyi olurum."

Bunlar annemin hoşuna gidecek anılar değildi. Üstelik tam da iyi anneanne rolüne soyunmuşken. Fakat annemin bunları unutmuş olabileceği ihtimali aklımın ucundan bile geçmemişti. Bana imkânsız geliyordu. Benim için annem sadece o zamanki annemdi. Şimdiki gibi çocuğumla konuşurken ağzından bal damlayan, benim için endişelenen yaşlı kadın benim annem değildi.

O hep kendinden geçercesine beni döven bir anne olmuştu. Ablama da abime de dokunmadığı için benimle deşarj oluyordu belki de. İçini boşaltacak bir şeye ihtiyacı vardı. Çekinmeden, tamamen hisleriyle hareket edebileceği bir yere.

Ablam babamı hatırladığı için annem onunla ne yapacağını tam olarak bilemezdi. Babamı nasıl hatırladığını, onun hakkında ne hissettiğini bilmediği ablama yaklaşmaktan korkardı. Zekâ geriliği olan abime yaklaşımı ise dinî bir tapınmaya benzerdi. Benim hakkımda ne düşünüyordu acaba? Babasını hiç tanımayan, yalnızca kendisine ait bir çocuk. Babasının başka bir kadından olan çocuğuyla hemen hemen aynı zamanlarda doğan kendi çocuğu. Hastalık nedir bilmeyen, etrafına aldırış etmeyen, aklı fikri oyunda olan sıradan bir çocuk. Birçok olasılık mümkündü ama büyük ihtimalle annem için ben içindekileri boşaltabileceği bir yerden ibarettim. Tembellik edince tokadı yer; burnum kanamaya başlayınca, sinirlendiği için bir tokat daha yerdim. Bir keresinde cetvelle vurmasın diye annemin tüm cetvellerini sakladığım bile olmuştu. Bunun üzerine yine cetvelle omzuma ve popoma vurmuştu. Vurduğunda acıdığı için kaçıp dururdum ama çocuk aklımla neden vurduğunu düşünemez, annemi kızdıracak şeyleri tekrarlardım. Aynı şeyleri tekrar ede ede tek öğrendiğim annemden korkmam gerektiği olmuştu.

Annemden korktuğum halde, tembih ettiği şeyleri de hemen unuturdum. Doğru dürüst alışveriş yapamayan, okulda çantasını bırakıp gelen, ders mers çalışmak istemeyen, arkadaşının evinde oynamaya gidip eve geç kalan bir çocuktum. Annemin elinin altında her zaman kızmak için bir fırsat olurdu.

Ben büyüyünce annem de büyüyen bedenime uygun, bambudan bir sopa buldu. Ben iyice annemden kaçar olmuş, işime gelmediğinde yalan söyleme alışkanlığı edinmiştim. Bir keresinde arkadaşımın evine gitmek istediğimi söylediğimde, beni çağırmaya gelen arkadaşımın önünde, "Başkalarının evi kendi evinden daha mı iyi?" diye tüm gücüyle vurmuştu. "Niye kendi evinde duramıyorsun? Mis gibi evin var. Arsız! Sende hiç gurur yok mu?"

Bana hep "arsız" diyordu. Neden böyle dediğini anlamamın imkânı yoktu. Hiçbir karşılık veremiyordum. Yalnız artık ağlayıp özür dilemeyi de bırakmıştım. Annem, özür dilemeyen çocuğuna daha da sinirleniyordu. Annesinin söyledikleri çocuğa yapışıyor bir şekilde. "Sahiden de arsız mıyım acaba?" diye düşüne düşüne, kendi evimde olmaktan nefret edip bir arkadaşımın evinden bir diğerine gidiyordum.

Ortaokula başladığımda bile annem dayağı bırakmadı. Hatta abim o sıralarda öldüğü için dayağın şiddeti de iyice artmıştı. Fakat bir keresinde artık dayanamayıp annemi itip yere devirince artık bana el kaldırmamaya başladı. Kendini odasına kapatıyor, ağzını açmıyordu. Ben de kendi isteğimle korkutucu annemin yanına yaklaşacak değildim. Gitgide birbirimizden uzaklaştık. Fakat anneme karşı korkum hiçbir zaman kaybolmadı. Aradan yıllar geçmesine rağmen hâlâ ondan korkuyor, onu görünce kendimi geri çekiyorum.

Oysa annem o eski halini unutuvermiş. Bense böyle unutup gidebileceğine kolay kolay inanamıyorum. Eğer hiçbir şey hatırlamıyorsa, belki ben de geçmişi unutup yaşlı anneme daha rahat yaklaşmalıyım. Ama insan ne düşünürse düşünsün, bedeninin verdiği tepkileri öyle kolayca değiştiremiyor. Benim annem o anneydi. Çocuklarına sarılıp dış dünyaya kin duyan, ondan korkan bir anne. "Kendimle dalga geçtirtmem," diyerek dişlerini sıkıp insanların bakışlarına mağrurca karşılık veren bir anne yetiştirmişti beni. Asla başkalarına güvenmememi, tek silahımın yalnızlığım olacağını öğrete öğrete yetiştirmişti. Oysaki ben, annemin hislerini biraz olsun bile anlamaya gayret göstermeyen bir çocuktum.

O gece ben de doğru dürüst uyuyamadım. Hiç olmadık yalanlar söyleyecek kadar kendisinden nefret eden kızına üzülüp alınan, yine de, "Kızım ne de olsa, onu seviyorum," deyip gözüne uyku girmeyen annemi düşünüyordum sürekli.

Rüyamda anneme şemsiyesini geri vermeye gittim. Ne annem ne de şemsiye ortalıktaydı ama rüyam buydu. Sözlerim annemeydi:

"Senin şemsiyeni görmek bile istemiyorum. Şemsiyelere lanet olsun. Böyle bir şeyden korkacağımı mı sandın? Ne yapmaya çalıştığını çok iyi biliyorum ben. En dayanamadığım şey ne mi? Kendi talihsizliğini benimle bir tutup korku içinde yaşamaya devam ettiğin halde, bunun farkına varmaya tenezzül bile etmemen. Her seferindeki, 'Sen neden bahsediyorsun?' der gibi görünen o şaşkın, üzüntülü ifadeyi takınsan da artık nafile. Bir düşün lütfen. Neden hep benim yüzümden bu kadar acı çekmek zorundasın? Neden hep benim üzerime düşüp, benden korkup buna rağmen yine bana yanaşmaya çalışıyorsun? Her yağmur yağdığında neden beni görmek istiyorsun? Sen yağmurun sesini dinlerken, taşan sulardan korkup çocuğunu kucaklayan yalnız bir 'ben' hayal ediyorsun. Ağlayamayan, kaçamayan, yapayalnız. Fakat hayalindeki o görüntü ben değilim. Senin kendi görüntün. Sen kendini görüp ağlamak istiyor, sonra da bunu bana olan hislerin sanıp beni görmeye geliyorsun. Ablamın kocası olduğu için, üstelik ablam sadece senin çocuğun olmadığı için onu görmek falan istemiyorsun. Ama benim yüzüm de senin hayalindeki gibi değil. Bakışlarına korkutucu bir ifadeyle karşılık veriyorum. Hiç de öyle üzgün bir şekilde sana sarılmıyorum ya da, 'Artık geçti,' diyerek seni bağrıma basmıyorum. Benim o halimi görünce afallayıp korkuyorsun. Benim için de sen korkutucusun. Ne yapacağımı bilemeyeceğim kadar, her zaman korkutucusun.

Sen bana kendi talihsizliğinin penceresi dışında hiçbir yerden bakmadın. Aksini iddia edebilir misin? İnsanlar talihsizliklere yaslanarak yaşıyorlar. Herkes kendi talihsizliğine sımsıkı bağlanıp ona lanet ederken bir yandan da bununla gurur duyuyor. Sen de istisna değilsin. Kocanı elinden alan sudan ödün koptuğu halde, o suyun yanı başında yaşamadan edemiyorsun. Su hep senin etrafında akıp duruyor. Sana göre kocan ölmedi, sadece suya dönüştü. Yeryüzünde olup bitenler suyun içinde silinip gidiyor. Sular âleminde olanlar ise yeryüzünde siliniyor. En çok korktuğun şey su ama en içten dualarının adresi de sular âlemi. Su tanrısının olmadığı yerde annelik duygunu da kaybediyorsun ve üstelik benim de senin gibi olduğuma kendi kendini inandırmışsın. 'Biz ikimiz nasıl olsa su tanrısından ayrılamayız, o yüzden en iyisi onu dinlemek, onun ağırlığını hissetmek. Bundan daha doğal ne olabilir?' diye inandığın için şemsiyeni bende bırakıp gidiyorsun. Bana tüm bunları düşündürtecek kadar, senin o peşinden sürüklediğin sudan korkuyorum. Kendim de o suya kapılıp gidiverecekmişim gibi korkuyorum.

Sen de benden korkuyorsun. Tam su tanrısı, kocanı yanına çağırdığı sıralarda beklenmedik şekilde ben doğduğum, ağlayıp zırlamalarım tıpkı su tanrısının sesine benzediği için. Aynı anda bir diğer çocuğun da kulağını sağır edercesine ağlamaya devam ettiği için. Sen o sopayı kendinden geçmişçesine sallarken karşında henüz sadece bir çocuk olan ben yoktum. Savaştığın şey, acılarından meydana gelen su tanrısıydı. Beni gördüğün falan yoktu. O yüzden de bana bir şey yaptığını düşünmüyorsun. Böyle mi yani?

Bu kadar zaman sonra sana karşı kin ya da nefret duyduğum yok. Gördüğüm tek anne sendin. O yüzden diğer anneleri de sevemiyorum. Sen yeryüzünde kimseye dönüp bakmadan, kızgın bakışlarını sular âlemine çevirip mağrur bir şekilde kendini korumaya devam ettin.

Ama artık yaşlandın ve hâlâ benden korktuğun halde bunun sebebini unutmaya çalışıyorsun. Sevimli sesiyle, kendi halinde bir anneanneye dönüşebileceğini sanman midemi bulandırıyor. O kadar kolay değil işte. Seni defalarca tokatlamak istiyorum. Evet ya, sen öyle iyi kalpli bir anne falan değildin. Beni umursayan bir anne de olmadın. 'Zavallı kızım, zavallı torunum,' diye düşünmene asla izin veremem. 'Zavallı kızıma az da olsa yardım etmek istiyorum, o kadar,' diye düşünmeye hakkın yok senin.

Benimle beraber yaşarsan her şeyin yoluna gireceğini sanıyorsun. Beraber yaşamamıza falan karşı değilim. Fakat sen şu an benim bilmediğim bir dünyada yaşıyorsun. Kim bilir, belki de kalbinin derinliklerinde, bizim henüz çocuk olduğumuz günler nasıl da dünyanın en mutlu günleri olarak ışıldıyordur. Olgun, güvenilir ablam ve yavru köpekler gibi oynayıp duran abim ile ben. Çağırır çağırmaz pür dikkat hemen yanına gelirdik. Evin etrafında senin diktiğin çiçekler açıyordu. Üçümüz de seve seve senin ördüğün kazakları giyiyorduk. Neşeyle senin hazırladığın atıştırmalıkları yiyip, senin diktiğin yer yataklarında yatıyorduk. Senin çocukların. Etrafın onların gülücükleriyle doluydu. Sağlıklı, tombul yanaklar çevrende ışıldıyordu. Sen çocuklarının kraliçesiydin. Çocuklarının tatlı kokusu seni sarıp sarmalıyordu. Ne var ne yoksa altın renkli ışıklarla göz kamaştıracak kadar parıldıyordu. Bahar rüzgârları esince ışıklar havada dans ederek süzülüyordu. Nasıl da güzel bir yer. Nasıl bir mutluluk.

O güzelliğin sarhoşluğu içinde, o günleri geri getirebileceğini sanıyorsun. Eskiden bile var olmayan o güzel yer nasıl geri gelecek peki? Bu kadar zaman sonra o sahnenin dekorunu bile geri getiremeyecekken. Abim öldü, ablam ve benim çocukluğumuzun üzerinden yirmi sene geçti ve o eski ev bile yok artık.

Senin rüyan, rüya olarak kalmak zorunda.

Üzülsen de pişman olsan da yapacak bir şey yok. O yüzden en iyisi bu rüyayı görmeye devam etmen. Ben seninle yaşayamam. Çünkü artık rüya görmeye devam etmekten başka seçeneğin yok. Çünkü bir rüyanın içinde yaşıyorsun. Ben bu saatten sonra seni o rüyadan uyandırmak istemiyorum.

Ejderha Sarayı. Sen kendi Ejderha Sarayı'nın büyüsüne kapılmışsın. Yüz günün yüz yıl olduğu o güzel Ejderha Sarayı. Suyun derinliklerinde, yeryüzünde hayal bile edilemeyecek ışıklarla parıldayan, sessiz, huzurlu ülke. Yıllar geçtikçe sular âlemi gözünde gitgide güzelleşecek, ışıltısını daha da artıracak. Ve sen o âleme gideceksin.

Böyle olmasını diliyorum. Seni sevdiğim için, bir gün öleceğini düşünmek falan istemiyorum."

Benim beş yaşındaki ufaklığa henüz Ejderha Sarayı'nın hikâyesini anlatmadığımı hatırladım. O çok sevdiği sualtı kalesinin gerçeğinin mutlaka bir yerlerde, suların derinliklerinde olduğunu. Özlemini duyduğumuz tüm o insanların, rengârenk balıklar burunlarını gıdıklarken yüz günün yüz yıl olduğu bir zamanda uyumaya devam ettiklerini.

KÖPEKLERE VE DUVARLARA DAİR

Hangi şehirde olduğunu tam hatırlamıyorum ama küçük bir parkın köşesinde, tek bir blok halinde bir duvar dikiliydi. Tuğlalardan yapılmışa benziyordu ama emin değilim, beton da olabilirdi. "Bir şeylerin anısına dikilmiş herhalde," diye düşünüp yakından bakmak için önünde durduğumda, duvarın ortasında tuhaf şekilli bir boşluk olduğunu fark etmiştim. Şeklin ne olduğu hemen anlaşılmıyordu ama biraz dikkatli bakınca bir insan figürü olduğunu anlamıştım. Kollarının biri önde biri arkada, bacaklarını da iyice açmış, duvarın içinden geçmeye çalışan biri. Böyle şakamsı bir şey yapmaları garibime gitmiş ama bir yandan da kıs kıs gülmüştüm.

Daha sonra bir arkadaşıma bu gördüğümün ne olabileceğini sorduğumda hemen cevaplamıştı. "Kahramanının bir çit mi, duvar mı artık neyse, onun içinden geçmeye çalıştığı bir roman var. O gördüğün de romandan esinlenilmiş bir sanat eseri. Adam niye mi duvarın içinden geçmeye çalışıyor? Bilmem, romanda anlatılıyordur muhtemelen. Ben okumadım. Adını da bilmiyorum."

Bunu duyar duymaz aklıma annemin yıllar önce beslediği Perry geldi. Eminim o da annemin yanına ilk geldiğinde bir duvarın içinden geçmişti.

Kız evden ayrıldıktan sonra yalnız kalan annesi, her ne ara olduysa, bir köpek beslemeye başlamıştı. Perry işte oydu. Köpeğin bahçeye kendi kendine girdiğini iddia eden annesi, "Nasıl olsa sahibi yoktur," diye beslemeye başlamıştı. Fakat evin çevresi eski evlerdeki gibi her yeri boşluklarla dolu tahta çitlerle değil, hiçbir şeyin izinsiz girip çıkmasına izin vermeyen betondan bir duvarla çevriliydi. Kadının dikkatsizlik edip dış kapıyı açık bıraktığı da görülmüş değildi. Kapı neredeyse yerle birleşik olduğundan köpeğin alttan sürünerek geçmesine de olanak yoktu. Kısacası, bir sokak köpeğinin kendiliğinden öylece içeri girmesi şöyle bir düşününce imkânsıza yakındı. Zaten sahipsiz köpeklerin sokaklarda tek başlarına gezdiği bir devir de değildi. Annesi gittiği bir yerden mi bulup getirmişti acaba bu köpeği? Fakat çoktan büyümüş bu yaştaki bir köpeği nereden nasıl bulup getirebilirdi ki?

Annesi köpeğe Perry ismini koymuş, kız onunla ilk kez karşılaştığında ise Perry çoktan eski köpeklerinin kulübesine yerleşmişti. Teneke yem ve su kaplarından tasmasına ve zincirine kadar, her şey eski köpeklerinindi.

"Perry, şu siyah gemilerin Kumandan Perry'si[1] mi yoksa?"

Anne, kızının sorusuna, "Bunda ne var ki?" dermiş gibi bir ifadeyle, başıyla onaylayarak cevap verdi. Köpek isimlerine kafa yoracak biri değildi. Fakat her nasılsa, köpeklere Batı tarzı isimler takmak gerektiğini düşündüğünden olsa gerek, Perry'den önceki köpeğin adı Lui, ondan öncekinin Jack, bir öncekininki de Mickey'ydi. Perry ismi de öylesine aklına gelmişti, onun için özel bir

1. Matthew C. Perry (1794-1858): 1853'te Edo Körfezi'ne gelerek Japonya'yı izolasyon politikasına son vermeye ve limanlarını Amerikan ticaretine açmaya zorlayan Amerikalı komodor. (Ç.N.)

anlam ifade etmiyordu. Fakat işte böylece Perry bir gün aniden, yalnız yaşayan annenin hayatına dahil oldu. Üstelik Perry bayağı da uzun yaşayıp anneye eşlik etti.

Anne, Perry'yi sevdiğini pek belli etmez, ondan bahsetmezdi. Ama her gün mamasını vermeye devam edip, akşamları hem köpeğe spor olsun hem de evi korusun diye tasmasını çözüp bahçede serbestçe dolaşmasına izin verdiğine göre Perry'yi önemsediği, Perry'nin de karşılığında anneye güven beslediği söylenebilirdi herhalde. Kız evden çıkmaya kendi karar verdiği halde, annesinin Perry'yle olan ilişkisi karşısında kıskançlığa benzer bencilce bir his duyuyordu belki de. Annesinin evini ziyaret ettiğinde bir kez olsun kulübesine bağlı Perry'nin yanına gidip hayvanın kafasını okşamışlığı yoktu. Perry de kızı görmezden geliyordu. Orta boy, siyah kırma bir köpekti. Başka bir özelliği de yoktu. Hiçbir zaman havlayıp da kızı rahatsız etmezdi. Herhalde doğuştan uysal bir hayvandı.

Annesinin ondan habersiz bir köpek beslemeye başlamasına kız bir türlü anlam veremiyordu. "Nereden geldiği belirsiz bir köpek, yine günün birinde geldiği gibi kaybolur muhtemelen," diye düşünmesine rağmen Perry' nin ortadan kaybolmak gibi bir niyeti yoktu. Ne zaman doğduğunu bilmedikleri için yaşını da tahmin edemedikleri köpek gitgide yaşlanıp, yaşlandığını da belli ederek ömrü yettiğince yaşamaya devam etti.

Kız, annesini ziyaret ettiği günlerden birinde Perry' yi kulübesinde göremedi.

"Perry'ye ne oldu?"

Kırkını geçmiş olan kız aslında cevabı biliyordu.

"Geçenlerde öldü."

Annesi üzgün görünmediği, kızın sorusunu basit bir şekilde cevapladığı için kız da üstelemedi. Perry'nin ölüsünü ne yaptığını da sormadı mesela. Annesi Sağlık Müdürlüğü'nü arayıp ölüyü onlara vermiş olabilirdi. Artık yaşlanmış, çalışmayı da çoktan bırakmış olduğuna göre, bahçeyi tek başına kazıp Perry'yi oraya gömecek hali yoktu.

Perry öldükten sonra, dışarıya açılan mutfak kapısının yanındaki tozlu raflarda kalmış mama torbalarını, köpeğin tasmasını, zincirini, bahçenin köşesindeki köpek kulübesini gördükçe kız, Perry'nin varlığını daha bir güçlü hissetmeye başlamıştı. Bir yandan da sinirle, "Şu kulübeyle tasmadan çabucak kurtulsa ya," diye geçiriyordu içinden. Yine de annesine danışmadan kendi başına bu işe girişmesi doğru olmazdı. Annesinin Perry'nin ölümüne çok üzüldüğünü, tasmasını ve kulübesini ondan kalan yadigârlar diye atamadığına da ihtimal veriyordu, sadece atmayı unutmuş olabileceğine de.

Annenin Perry'yle yaşadığı o eve ailecek taşındıklarında kız henüz on yaşındaydı.

Taşınmalarından bir ya da iki gün öncesinde, o güne kadar oturdukları, taşınma telaşıyla altüst olmuş eski evin verandasına oturup bahçeye baktığında, bahçenin hiç de alışık olmadığı bir genişlikte olduğunu fark edip irkilmişti. Dikkatli bakan gözler aradaki farkın, bahçeyle sokağı ayıran tahta çitlerin yıkılıp sokağın alabildiğine görünür olmasından kaynaklandığını anlayabilirdi. Yıkılmış incecik düz çitler çoktan çürümüşe benziyordu. Evlerinin rahatlığını çevreleyen şeyin o kâğıt gibi çitler oluşu, on yaşındaki kızı hem şaşırtmış hem de hayal kırıklığına uğratmıştı. Onlar taşınır taşınmaz oturdukları bu eski ev yıkılacaktı. Yeni evlerine götürecekleri ağaçları annesi bahçeden seçmiş, işi verdikleri bahçıvan da sokaktan bahçeye giriş çıkışı kolaylaştırmak için ilk iş olarak çitleri yıkmıştı.

Eski evlerini, kızın büyükanne ve büyükbabası İkinci Dünya Savaşı'ndan önce dikmişti. Hava bombardımanlarında yıkılmadan ayakta kalmış çok eski bir evdi. Taşındıklarında buranın yıkılacağını öğrenen kız, duygusallaşıp kuzeninden kalan makinesiyle evin birkaç fotoğrafını çekti. Taşınma işi bitip de banyo ettirdiği fotoğrafları aldığında ilk kez evin bütünüyle eğik olduğunu fark etti. Ev, "Nasıl oldu da bu eğimin farkına varmadan bugüne kadar içinde yaşamışız..." dedirtecek kadar yana yatmış, biri hafifçe itse çöküverecekmiş gibi duruyordu. Kız böylece evin yıkılması gerektiğine ikna olmuştu. Eski evle bağının o noktada yok olduğunu sanmıştı. Fakat sonrasında uzun bir süre rüyalarında o eski eve geri döndü.

Taşınma hazırlıklarına ve eşyaların evden çıkarılışına dair hiçbir anısı yoktu. Belli ki kayda değer bir yardımı dokunmamıştı. Son olarak bir taksi çağırıp ailecek yeni evlerine doğru yola çıktılar. Kız "Kara" isimdeki siyah kedilerini, Tōru'cuk da köpekleri Jack'i kucaklarına almışlardı. Tōru, abisi olmasına rağmen kız onu, "Tōru'cuk", diye çağırıyordu. Zihinsel gelişim geriliği olan oğlan, kız için Tōru'cuktu. Tōru'cuğun küçük kız kardeşi olduğunu söylemekten hiç gocunmasa da onun kendisinin abisi olduğunu söyleyemiyordu. Tōru'cuğa küçük kardeş muamelesi yaptığı ya da onu sadece adıyla çağırdığı falan yoktu. Hep kibar bir şekilde "Tōru'cuk" derdi. Böylece kendince saygısını gösteriyordu. Tōru'cuk ise tam bir abi gibi kardeşini doğrudan adıyla çağırırdı.

Yeni evlerine doğru yol alan taksinin içinde sıkış tepiş giderlerken, bir fırsatını bulup kaçmaya çalışan Kara ile Jack'i zapt etmek iki kardeş için öyle eğlenceliydi ki birbirlerine bakıp gülüyorlar, omuzları çarpıştıkça yine gülüşüyorlardı. Yazın tam ortasıydı. O zamanki taksilerde daha klima olmadığı için pencereleri açmışlardı. Tam şoför kırmızı ışıkta fren yaptığı sırada olsa gerek, Kara, kızın kollarından kurtulup camdan dışarı fırladı. Kız ön koltukta oturan annesine bağırdı:

"Anne, Kara kaçtı; yakalamamız lazım!"

Annesi camdan dışarı bakıp, "Sonra aramaya geliriz. Şimdi olmaz. Eve dönüp oralarda dolanır nasıl olsa, merak etme," diye cevap verdi.

Eğer öyleyse sorun yoktu. Fakat kız kediyi kaçırdığı için berbat hissediyordu. "Ya Kara kaybolup giderse?" Bu endişe yakasını bırakmıyordu. Sonrasında sahiden de Kara'yı bulamadılar. "Herhalde bir ev bulup oraya sığındı," diyerek aramayı bıraktılar. Kızın, büyüklerin Kara'yı doğru dürüst arayıp aramadığı konusunda şüpheleri vardı. Fakat kendi de eski eve gidip Kara'yı aramaya yeltenmediği için hissettiği vicdan azabıyla kaybolan kedi konusunu açmaktan kaçınıyordu. Zaten ya aynı günün akşamı ya da bir sonraki akşam meydana gelen olay yüzünden Kara'yla ilgilenebilecek durumda değildi. Herkes yeni evin eşyalarını yerleştirme telaşındayken, alışık olmadığı bir mekânda bulunduğu için heyecanlanan Jack tasmasından kurtulup kapısı daha takılmamış bahçeden dışarı fırlamış, o sırada yoldan geçen bir kamyonla kafa kafaya çarpışmıştı.

Kız, kaçan köpeğin peşinden koşmuş, tam kamyonla çarpıştığı âna tanık olmuştu. Jack, kızın gözleri önünde, üzerine gelen kamyona şaşırıp durmuş ve kafasını kaldırmıştı. Kamyonun çamurluğu Jack'in alnına çarpmıştı. Kamyon geçip gittikten sonra yolun ortasında öylece yatan Jack'te hiçbir yara izi yoktu. Kafası kırılmış, acı çekmeden oracıkta ölmüştü. Kız, annesinden ve taşınma işleri için bir geceliğine yatılı gelen üniversite öğrencisi kuzeninden yardım istedi. Kuzeni, Jack'in yolun ortasında duran bedenini bahçeye taşıyıp kazdığı bir çukura gömdü. Tam yaz ortası olduğu için hayvanın ölüsü çürüyüp kokabilirdi. Kız ve Tōru'cuk gömme işini biraz uzaktan izlediler. Kız ağlasa da Tōru'cuk ağlamadı.

Bir ay kadar sonra olsa gerek, Tōru'cuk, Jack'in gömüldüğü yeri elinde bir kürekle kazmaya girişti. Durumu fark eden kız, "Dur, yapma!" diyerek Tōru'cuğun elinden küreği aldı. Tōru'cuk, Jack'i toprağın altına saklanmış sanıyor, bir türlü çıkmadığı için de merak ediyor olmalıydı. Jack'in toprağın altında kapalı kalmasının anlamını bir türlü kavrayamıyordu. Toprağın altında ne olup bittiğinden emin olmak istiyordu. Fakat kız, Jack'in bedeninin çürüdüğünü tahmin edebildiği için bu korkunç görüntüyle karşılaşmayı aklının ucundan bile geçirmiyordu. Tōru'cuk ise kardeşinin neden Jack'i çukurdan çıkarmasına engel olduğunu anlayamıyordu. Yine de çok sevdiği kardeşinin rahatsızlığını görünce bu işten vazgeçti.

Kara kayıplara karıştığı, Jack de kazada öldüğü için, yeni evi inşa eden marangozun artan malzemelerle yapıp hediye ettiği köpek kulübesi öylece kaldı. Marangoz eliyle hazırlandığından son derece sağlam, aynı zamanda da büyük bir kulübeydi. Çok ağır olduğu için, durduğu yerden kendilerinin kaldırıp taşıması imkânsızdı. Jack de kahverengi, orta boy ve kırma bir köpekti. Eski evdeyken Jack'i tasma takmadan, üstü açık metal bir kafesin içinde beslediklerinden, yaşasaydı hayvan da bayağı şaşıracaktı.

Daha sonra, nasıl olsa kafes var diye mi yoksa bekçilik yapsın diye mi her ne düşündüyse, anneleri evcil hayvan dükkânından siyah benekleri olan beyaz bir Pointer satın aldı. Çocuklara onun çok akıllı bir av köpeği olduğunu anlattıktan sonra hayvanın adını Lui koydu. Evin yerinde duramayan bu yeni üyesi çocukları öyle mutlu etmişti ki, onu kendi yatak odalarına aldıkları için annelerinden azar işitiyorlar; "otur", "pati" diye komutlar öğretiyorlar; attıkları sopaların, topların peşinden koşturtup talime benzer şeyler yaptırıyorlardı. Fakat Tōru'cuk hiç beklenmedik bir anda bu dünyadan göçünce kız da anne de Lui'ye daha fazla ilgi gösteremediler. Kimsenin ilgilenmediği hayvan nihayetinde kalp kurduna yakalanıp öksüre öksüre kendi başına ölüp gitti. Kızın liseye gittiği dönemdeyse Lui hâlâ hayattaydı. Öldüğünde onu Jack'in yakınlarına gömen de kız olmuştu.

On yaşındaki kız taşındıkları mahalleyi ilk gördüğünde, "Neden tüm evler duvarla çevrili ki?" diye şaşırıp kalmıştı. Eski oturdukları evden taksiyle yirmi dakikalık bir mahalleye taşınmışlardı. Eskiden okula hep yürüyerek gidip gelen Tōru'cuk ve kız artık tramvaya biniyorlardı. Annelerinin burayı nasıl bulduğu hakkında bir fikirleri yoktu. Fakat, erken ölen kocasından işleri devralıp kayınbiraderiyle güç birliği yaparak şirketi büyütmeyi başaran annelerinin, tavan arasında farelerle yerde sümüklüböcekler ve çekirgelerin cirit attığı mutfağa ve karanlık, soğuk alaturka tuvalete elveda deme vakti sonunda geldiği için son derece mutlu olduğu kesindi. On iki yaşındaki zihinsel engelli oğlu –özel bir sınıfta olsa da– ortaokula başladığına göre, şimdiye kadarki gibi yardımcı bir kadın tutmasına da gerek kalmamış görünüyordu. Erkenden ölüp giden kocası için üzgündü fakat çocukların tek başına ona kalmasıyla başlayan krizi artık bir şekilde atlattığını düşünebilirdi.

Taşındıkları mahallede karşılarına ilk çıkan şey üç metreye yakın yükseklikte, tuğlalardan örülü iç karartıcı bir duvardı.

"Hapishane var, bakın."

Annesi kızının sözlerine azarlayarak karşılık verdi: "Hapishane falan değil o, bahçe duvarı."

Kız o zamanlar, bahçeyi çevreleyen üç metre yüksekliğindeki bir duvarın somut olarak ne anlama geldiğini kavrayamasa da başıyla annesini onayladı.

Altı ay ya da bir sene sonra annesi Tōru'cukla kızı o bahçeye götürdüğünde, kız sonunda bahçenin eski toprak ağalarından birinin köşküne ait olduğunu anladı. Bahçeyi gezip çıkış kapısına yaklaştıklarında açelyaların arkasından, "Aptallar ölmeden iyileşmez," diyen iki-üç erkek çocuğunun sesini duyan kızın vücudu buz kesti. Bunlar, Tōru'cuktan haberleri olan kendi sınıfından çocuklardı muhtemelen. Tōru'cuk ile annesi duymamış olacaklar ki, çakıltaşı kaplı yolda sakince yürümeye devam ediyorlardı. Kız sırf bu yüzden bir türlü o bahçeyi sevemedi, etrafındaki tuğla duvara da ısınamadı.

Bu mahallede evlerin tamamına yakını duvarlarla çevriliydi. Çoğu gri hazır betondandı. Üzerlerinde eski moda kiremitten küçük çatıları olan duvarlarla, Batı tarzı mavi renkli çatıları olan beyaz duvarlar, hırsızların girmesini önlemek için kırık cam parçaları yapıştırılıp dikenli tel çekilmiş duvarlar da vardı. Eski mahallelerinde böyle duvarla çevrili evler fazla değildi, olsa olsa kendi evleri gibi tahtadan çitler vardı.

Taşındıktan sonra Tōru'cuk ve kız büyük bir hevesle yeni mahallelerini gezdiler. Tüm duvarlarda büyük bir bahçe kapısı, bir de çoğunlukla ahşaptan yapılma daha küçük bir giriş kapısı vardı. Küçük kapılar genelde kilitli olmuyordu. Eğer yanında Tōru'cuk olmasaydı on yaşındaki kız içeride hiçbir işi olmadığı halde bu yabancı evlerin kapısından izin almadan giremezdi. Tōru'cuk sağ olsun, istedikleri yere giriyorlardı. Ev sahiplerinden bahçeye giren bu izinsiz misafirleri görüp kızanlar olsa bile onlar da Tōru'cuğun durumunu fark ettiklerinde pek ses çıkarmıyorlardı. Üstelik abisine eşlik eden kızı, "Senin işin de zor; aferin sana, bak yalnız bırakmamışsın," diye övenler de çıkıyordu. Kız içeri girmeden önce iyi kötü bunu hesaplayabiliyordu. Tōru'cuk ise duvarların arkasında ne olduğunu merak ediyordu sadece. İkisi için de bundan daha büyük eğlence yoktu.

Tahta kapılardan biri rengârenk güllerle dolu bir bahçeye açılmıştı. Uçsuz bucaksız bir gül bahçesi gibiydi. Muhtemelen çocuk gözlerine öyle görünmüştü. Açtıkları kapılardan biri, bahçedeki tavukları ürkütmüş, ortalığı ayağa kaldıran horozun sesiyle ev sahipleri koşa koşa gelmişti. O zamanlarda hâlâ şehrin ortasında tavuk beslenen evler vardı. Başka bir kapıyı açtıklarında, az kalsın mavi arabasını yıkayan bir adamla çarpışıyorlardı. Kırık salıncakların rüzgârda sallandığı bahçeler de, tam Budist tapınaklarına benzeyen beyaz çakıltaşı serili, taştan fenerleri olan bahçeler de vardı.

Yan komşuları olan oğlan çocuğunun varlığı on yaşını geride bırakan kızın ilgisini çekmeye başlamıştı. Sebebi de annesinden komşuları hakkında duyduğu birkaç şeydi. Annesi bunları nereden duymuştu ki? Komşuları olan kadınla arkadaşlık ettiklerine dair bir işaret yoktu. Öyleyse doğrudan sormuş olamazdı. Bu evde de baba erkenden ölmüş, bu yüzden eskiden oldukça geniş olan arazilerinin yarısını satmak zorunda kalmışlardı. Arazinin bir tarafında yeni sahipleri, diğer tarafta da eşini kaybeden kadın ile oğlu yaşıyordu. Kız ile oğlan aynı yaştaydılar. Duvarın diğer tarafında ara sıra gördüğü soluk tenli, sıska oğlanın yüzü pek öyle yakışıklı ya da akılda kalacak türden değildi. Belki kıza öyle geliyordu ama son derece içe kapanık ve hassas bir çocuğa benziyordu.

Tek çocuk olan oğlanın oturduğu ev ile kızın evini ayıran duvarda küçük bir kapı vardı. Uzun süredir kullanılmamış gibiydi. Karşı taraftan çivilenmiş, orası burası paslanmış, alt tarafı da kapkara çürümüştü. Kapının kızın evinin bahçesine bakan tarafının önünde kocaman yapraklarıyla bir Japon çınarı dikili olduğundan, kız başlarda kapıyı fark etmemişti. Kapı evin arka tarafında olduğu için yabani otlar da çoktu. Evleri yeni olmasına rağmen duvar eskiydi.

Kız, annesine duvardaki kapının sebebini sordu. Annesi kapının eskiden, acil durumlarda kullanılmak üzere yapıldığını, yangın falan çıkarsa kolayca kaçmak için olduğunu söyledi.

"Ama artık eskisi gibi değil. Gereksiz yere kolayca açılırsa iki taraf için de hoş olmaz değil mi? Güvenli de değil. O yüzden açılamayan bir kapı o."

"Açılamayan kapı" sözcükleri ve yan evdeki çocuk, kızı büyülemiş gibiydi. Tōru'cuk kardeşinin neden böyle hissettiğini anlayamazdı. O yüzden kız yan tarafa açılan kapının konusunu açmadı. Eğer söylerse Tōru'cuk hemen kapıyı zorla açmaya çalışırdı. Bu yüzden kız hayallerinden ve tutkularından kardeşine bahsetmiyor, onları kendine saklıyordu. Annesinin de bilmesini istemediği, bir utancı da beraberinde taşıyan sadece ona ait hislerdi bunlar. Bazen Japon çınarının yaprakları arasından çekine çekine kapıyı itiyor, kendine doğru çekiyordu. Kapı yerinden oynamadığında da rahat bir nefes alıyordu. Olur da kapı aralanırsa tek yapacağı korkup kaçmaktı. Kızın cesareti yalnızca Tōru'cuk yanındayken ortaya çıkıyordu. Aslında muhtemelen yan taraftaki çocuktan bile daha içe kapanık, daha ürkekti.

Kız rüyasında hep duvardaki kapıyı açıp yan taraftaki çocukla neşe içinde sohbet ettiğini görüyordu. Yandaki çocuk da kapıdan geçip bu tarafa geliyordu. "Sizin bahçedeki sakuralar ne kadar güzel açmış. Annem de ben de bakmaya bayılıyoruz." Kız da bir şeyler söylüyordu: "Sen ortaokula nereye gideceksin? Özel okul sınavına girecek misin?" Evin tek çocuğu başını öne eğip cevaplıyordu: "Benim babam olmadığı için zor. Nereye gideceğimi daha bilmiyorum." Kız cevap veriyordu: "Benim de babam yok ama annem özel okul diye ısrar ediyor. Bir de Tōru'cuk var tabii. Şimdiki okulundaki çocukları görmek istemiyormuş artık. Ben de istemiyorum gerçi." Çocuk cevap veriyordu: "Hangi okula gidersek gidelim, evlerimiz yan yana nasıl olsa. İstediğimiz zaman böyle görüşebiliriz." Kız sevinçle gülümsüyordu.

Gerçek hayattaysa kız, yandaki oğlanın adını bile bilmeden on iki yaşına girip kızlar için özel bir ortaokula gitmeye başladı. Tōru'cuğun okulu da aynı hatta olduğu için her sabah evden beraber çıkıp itiş kakış tramvaya biniyorlardı. Kızın okulda öğrenmeye başladığı İngilizce, Tōru'cuğun tuhafına gidiyordu. Büyük bir ciddiyetle kızın ders kitabını açıyor, kendi defterine alfabeye benzer çizgiler çiziktiriyordu. Tōru'cuğun da herkes gibi ödevi vardı. O da günlük tutmaktı. *Hiragana* ve basit *Kanji*'ler[1] kullanarak yazı yazıyor, çift basamaklı olmadığı sürece hesaplama da yapabiliyordu. Fakat günlük tutma ödevi, basmakalıp sözcüklerle geçmişi derleyip özetini çıkarmak gibi dünyevi bir yeteneğe sahip olmayan Tōru'cuk için hep ağır bir yüktü. Resim yapmayı daha çok seviyordu.

Tōru'cuğun yuvarlak suratı köşelenmeye, kızın memeleri büyümeye başlamıştı. Okulundan bir öğretmen bazı pazarlar evi ziyaret edip Tōru'cukla yalandan beyzbol alıştırması yapıyordu. Tōru'cuk beyzbol sopasını tutuyor, öğretmeni iki metre uzaktan, büyük, yumuşak bir plastik topu ona atıyordu. Mesafe iki metre olmasına rağmen Tōru'cuk için topu tutturmak zordu. Kız, oyunun nasıl oynandığına dair hiçbir fikri olmayan Tōru'cuğun ne diye beyzbol alıştırmalarına başladığına bir türlü akıl erdiremese de, Tōru'cuk da anneleri de bu erkek öğretmenin evi ziyaretinden gayet memnun görünüyorlardı. Öğ-

1. Sırasıyla 46 karakterden oluşan Japon hece yazısı ve Çince kökenli yazı karakterleri. (Ç.N.)

retmen, Tōru'cuk ve annesi bahçede vakit geçirirken, Pointer cinsi Lui de onlara katılmak istercesine kulübesinin önünde kuyruğunu sallıyor, sırnaşırcasına havlıyordu.

Kız, Tōru'cuğun şimdiki okuluna ne kadar devam edebileceğinden emin değildi. Her halükârda sürekli bu okula devam etmesi imkânsızdı. Tōru'cuğun devam ettiği sınıf, devlet okulundaki bir dersliğin özel sınıfa çevrilmiş halinden ibaretti. Fakat Tōru'cuk okulundan memnundu, annesi de Tōru'cuğun eve kadar gelen öğretmenine güveniyordu. Kız ise ileriyi düşününce endişeleniyordu. Tōru'cuk bundan sonra ne yapacaktı? Fakat bu endişeler, kız yaşadıkça Tōru'cuğun da yaşayacağı varsayımına dayalıydı. Tōru'cuk öldükten sonra kız nasıl da bu varsayımından o güne değin hiç şüphe etmediğini acı bir şekilde anlamış oldu.

Kızın on üç yaşına girdiği senenin kışında nezle olan Tōru'cuk bir ay boyunca iyileşmedi. Yüksek ateş başlayınca götürdükleri büyük bir hastanede zatürree teşhisi konuldu. Ertesi gün Tōru'cuğun kalbi durdu. Kız her zamanki gibi okuldan eve döndüğünde evde bir değişiklik fark etti. Kırk yılda bir görüştükleri uzaktaki teyzesi mutfaktaydı. Annesi Tōru'cuğun yastığının dibinden ayrılmıyordu. Kız, Tōru'cuğa yaklaşmak istediğinde, o âna dek mutfakta dört dönen teyzesi yanına gelip ağlamaya başladı. Annesi de o sırada ağlıyor muydu acaba? Kız tam olarak hatırlamıyordu. Kendisinin ağlayıp ağlamadığından da emin değildi. Herhalde pek ağlamamıştı. Annesinin yüzünü bir an için görebilmiş, Tōru'cuğun yüzünü ise hiç görememişti. Hiç beklenmedik bu olay kızı çok korkutmuştu.

İki gün sonra evde cenaze töreni düzenlendi. Tōru'cuğun öğretmenleri ve sınıf arkadaşları bahçe kapısından sessizce girip salona kurulmuş Budist sunağına tütsü tozları sunmuşlardı. Kız kendi okulundan öğretmeni ve sınıf başkanının da gelmesine şaşırmıştı. Dayısı, halası, kuzenleriyle beraber kim olduklarını bilmediği bazı yetişkinler de gelmişti. Kız bahçenin bir köşesinde, yan komşuları olan anne ve oğlanı da gördü. "Onlar da gelmişler," diye bir anlığına sevinse de buna sevindiği için hemen kendinden utandı. "Tōru'cuk öldü ama ben hâlâ aynıyım." Yine de komşuları olan anne ve oğuldan gözlerini ayıramadı. "Buraya bakarsa ne yaparım?" diye kalbi küt küt atıyordu. Oğlan okul üniforması, annesi ise siyah cenaze elbisesi giymişti. Kızın üstündeyse üç gündür okul üniforması vardı. Bunun farkına vardığı anda eteğinin pililerini düzeltti.

Anne ve oğul sunağa tütsü sunarken cenaze töreni bitmek üzereydi. İkisi tütsü tozlarını kâseye koyup çekilince kız da sunağın yanından ayrıldı. Salondan çıkıp holün sonundaki banyoya gitti. Banyonun penceresinden bakınca sol tarafta bahçe kapısı, sağ tarafta ise duvardaki tahta kapı görülüyordu. Kız nefesini tutup camdan dışarıyı izledi. Banyonun fayansları öyle soğuktu ki ayaklarının altı acıyordu. Hemencecik anneyle oğlunu gördü. Duvardaki kapıya yaklaştılar. Annesi hiçbir şey yokmuş gibi küçük tahta kapıyı ittirerek açtı ve ikisi de gözden kayboldular. Ne bir şey söylemişler ne de arkalarına dönüp bakmışlardı. Kız ağzını açıp derin bir nefes aldı. Bir yanı bunu bekliyor gibiydi. "Böyle bir durumda yan tarafta oturan anne oğlun bu kapıyı kullanmasından daha doğal ne olabilir?" diye düşünüyordu. Kız ertesi sabah bahçeye çıkıp tahta kapıyı kendi elleriyle itmeyi denedi. Eskiden olduğu gibi şimdi de milim kımıldamıyordu.

Eskiden küçük kardeş olan kız uzun süre, yaklaşık otuz sene boyunca bu hatıranın doğruluğuna inanmaya devam etti. Yan taraftaki anne oğul ta yirmi yıl önce uzak bir yerlere taşınmış, arkalarından yeni bir ev dikilmiş ve içinde başkaları yaşamaya başlamıştı. Yan tarafta inşaat başladığında bahçeleri ayıran duvar da elden geçirildi. Kapı söküldü ve boşluk beton bloklarla dolduruldu. Kız eskiden orada bir kapı olduğunu bile unutuverdi. Fakat Tōru'cuğun cenazesini ne zaman hatırlasa, duvardaki kapıyı açıp kendi evlerine dönen yan taraftaki anne oğlun görüntüsü gözünün önüne geliyordu. Kapıyı kendisinin açtığı, yandaki eve gidip yaşıtı oğlanla yüz yüze geldiği bir rüya görmeyi de sürdürdü. Rüyasında "Merhaba, güneş batarken bulutlar çok güzel değil mi?", "Merhaba, yarın İngilizce testi var," diye havadan sudan sohbetler de ediyorlardı.

Bunların sadece rüyada olduğunun farkındaydı. Yan taraftaki oğlanla bir kez olsun konuşmuşluğu da duvardaki kapıyı kendi açmışlığı da yoktu. Fakat Tōru'cuğun cenazesinde anne oğlun o kapıdan geçerek kendi bahçelerine geldiğinden ve cenaze için sıraya girdiklerinden bir kez olsun şüphe etmedi. Eskiden Tōru'cuğun kız kardeşi olan kız kapı açılıp da komşuları olan anne oğul kendi evlerine geri dönerlerken, arkalarından bakıp "Demek gerçek ha?" diyerek bembeyaz kesilmiş, Tōru'cuğun ölümünü kabullenmek zorunda kalmamış mıydı? Fakat kırkını geçip ellilerine merdiven dayadıktan sonra, annesinin yaşlanmış yüzünü her gördüğünde o kapının varlığından bile şüphe duymaya başladı. Üstelik, "Komşu anne oğul neden sadece Tōru'cuğun cenazesinde o kapıyı kullanıp doğrudan bahçeye gelsinler ki?" diye düşünmeye başlamıştı. Eğer o kapı gerçekten olsaydı bile, önce tüm o paslı çivileri söküp kapıya çakılı olan plakaları çıkarmaları gerekirdi. Sırf bahçeye o kapıdan girebilmek için onca zahmete katlanmaları için ortada bir sebep yoktu.

O zamanlar defalarca bunun rüyasını gördü. Yandaki anne oğul duvardaki kapıyı açıp bahçeye giriyor, sonra da kapının diğer tarafındaki kendi evlerine dönüyorlardı.

Bazen ortaokul öğrencisi olan kız, kapıdan yan eve geçiyor, bahçede tek başına duran oğlanla konuşuyordu. Oğlan kızın yanına geliyor, bahçede beraber yürüyerek laflıyorlardı. Kız, içinde kayda değer başka hiçbir şey olmayan bu sessiz rüyaları görmeye devam etti. Arkalarda bir yerde hep Tōru'cuğun soğuk bedeni uzanmış yatıyordu.

Lui'nin hâlâ hayatta olduğu sıralardaydı herhalde, annesi kızına eskiden Tōru'cuğun gittiği okulun bahçesine yüksek bir duvar dikildiğini duyduğunu söyledi. Annenin Tōru'cuğun okulundan tanıdığı biri telefonla haber vermişti. Anneler bir araya gelerek bu konuda ne yapılması gerektiğini konuşuyorlardı. Kız birkaç gün kararsız kaldıktan sonra, eskiden kardeşinin devam ettiği okula gidip bakmaya karar verdi. Artık liseden mezun olmuş, üniversiteye başlamıştı. Zaman konusunda bir sıkıntısı yoktu. Bir zamanlar kardeşi olan Tōru'cuğun gittiği okulu hâlâ net bir şekilde hatırlıyordu. Ortaokuldayken, kendi okulu erken bitince –genelde cumartesileri– Tōru'cuğu karşılamak için tramvaydan iner, onun okuluna uğrardı. O tramvay artık yoktu. Tōru'cuğun gittiği okul, bir devlet ilkokulunun ilk katındaki, okul kapısına en yakın olan derslikti. Bir ilkokul olmasına rağmen, her nasılsa on beş yaşındaki Tōru'cuk okuldaki ortaokul sınıfına devam ediyordu. Arada beyzbol oynamaya gelen öğretmen de o ortaokulun öğretmeniydi. Ortaokul sınıfında sekiz adet sıra, daire şeklinde dizilmişti. Pembe, sarı, açık mavi tebeşirlerle çiçekler, güneş, çocuk yüzleri gibi şeylerin çizilmiş olduğu bir karatahta vardı. Sınıf camlarına da sevimli desenler yapıştırılmıştı. Az sıra olduğu için sınıf çok geniş görünüyordu. Kız buna gıpta ediyordu. Sınıfın önünde bir teras balkon, balkonun köşesinde de ikişer tane keçi ve tavşan vardı. Hayvanların bakımını öğrenciler yapıyordu.

Kız, Tōru'cuğun okuluna yaklaştıkça başının döndüğünü hissetti. Okul kapısını gördüğünde kulakları uğuldamaya, adımları ağırlaşmaya başladı. Öğle teneffüsü olduğu için bir sürü çocuk bahçede koşuşturuyordu. Kız okul kapısından bahçeye baktı. Çocuk sesleri tüm bahçede yankılanıyor, kulağa insan sesinden çok bir fabrikanın gürültüsü gibi geliyordu. Kapının sağında kalan teras balkonun bir köşesine bağlı keçi ve tavşanlar artık ortada yoktu. Eskiden Tōru'cuğun okulu olan dersliğin camlarındaki süsler kalkmıştı. Kapıda dikilmek daha da göze batacağından bahçeye girmeye karar verdi. Sağa dönmeden, beton duvar boyunca soldan yürümeye başladı. Beş metre kadar yürüyüp durdu. Okul duvarından bahçeye doğru, iki metre yüksekliğinde, sac plakalardan bir bölme duvar yaklaşık beş metre boyunca uzanıyordu.

"Tōru'cuk, sahiden de buraya bir duvar dikmişler," diye mırıldanan kız bu sefer de bölme duvar boyunca yürümeye başladı. Ne içine girilebilecek bir kapı ne de içeriyi görebilecek bir pencere vardı. Bahçeye devrilmemesi için beton bloklarla desteklenmişti. İç kısmından da sütunlarla destekleniyor olmalıydı. Altı üstü sac bir levha olsa da sıfırdan böyle bir şey inşa etmeye bayağı bir emek harcandığı kesindi. Bölme duvar boyunca yürüyen kızın önünde arkasında çocuklar koşuşturuyordu. Kimsenin durup kıza baktığı yoktu.

Sacdan bölme duvar dik bir açıyla sola dönerek beş metre sonra tekrar duvarla buluşuyordu. Bu kısım da düz sacdan yapılmıştı. Okul bahçesinin köşelerinden biri tam bir kare oluşturacak şekilde sac levhalarla çevrelenmişti. Levhalarla okul duvarının birleştiği noktaya yakın, çevrelenen alana girmek için bir kapı konulmuş, bu kapıdan okul binasına doğru bir koridor inşa edilmişti. Bu koridor da sac levhalarla çevriliydi. Görünüşe göre, Tōru'cuğun eskiden devam ettiği sınıf tam ters yöne kaydırılmıştı. Okulun giriş kapısından en uzaktaki dersliğin ayrıldığı özel sınıf öğrencileri, bu koridordan her sabah sınıflarına girip teneffüslerde yine aynı koridor aracılığıyla bölme duvarlarla çevrilmiş yere geçiyor olmalıydılar. Koridorun okul binasına yakın tarafına bir kapı daha konulmuştu. Sınıfın hemen yakınında olduğuna göre, öğrenciler sabah ilk bu kapıdan geçerek sınıflarına girip sıralarına oturuyor olmalıydılar.

"Burada nefes bile alınmaz değil mi Tōru'cuk?" Kız sınıfın yanındaki kapıya yaklaşmıştı. Kontrplaktan basit bir kapıydı bu. Kapının kilidi aşağı yukarı hareket ettirilerek açılan küçük bir çubuktu. Sabah öğrenciler içeri girdikten sonra, okul bitene kadar bu kapıyı arkalarından kilitliyorlar mıydı? Kız kaşlarını çatarak, "O kadar da değil herhalde," diye düşündü. Kapıyı açıp koridora girerek dersliğe baktı. Daire şeklinde dizilmiş sıralar, karatahtaya çizili eğlenceli resimler tıpkı eskiden olduğu gibiydi. Yalnız pencerelere hiçbir şey yapıştırılmamıştı. Bu derslik yedi kişilikti. Yandaki dersliği de ortaokul yaşındaki öğrenciler kullanıyordu herhalde. Toplamda on beş çocuk. Şimdi hepsi demir saclarla çevrili bölmeye çıkmış olmalıydılar. Tōru'cuk da saclarla çevrili koridordan geçip saclarla çevrili bahçeye gitmek zorundaydı. Ama neden böyle yapmak zorunda olduğunu anlamazdı. Anlamasa da usulca söz dinlerdi. Öğretmenleri, "Öyle yap," dediği için Öğretmenlerini çok sevdiği, onları üzmek istemediği için.

Özel eğitim sınıfının ait olduğu ilkokulun okul aile birliği toplantısında velilerin, "'O tür çocuklar, her gün normal çocukların gözünün önünde olduğu sürece eğitim noktasında kötü etki yaratabilir; bu hususta bir önlem alınmalı,' şeklindeki ısrarlı talepleri neticesinde okul tarafı, göze görünmesinler diye bu duvarları dikti," açıklaması Tōru'cuk için bir anlam ifade etmezdi. Bölme duvarın yüksekliği ne kadar olacak, ne genişlikte bir alan kullanılacak, okul bahçesinin hangi kısmı ne şekilde ayrılacak gibi konularda veliler ve okul arasında somut rakamlar üzerinde son derece hararetli tartışmalar yaşandığı gerçeği de Tōru'cuğu ilgilendirmezdi. Okul tarafının ne yapacağını bilemez halde, "O çocukların velileri de bu kadar aşırıya kaçmayın diye kızacaklardır," sözlerine velilerin hemen, "Çocuklar ne görürse taklit ediyorlar, bile bile salyalarını akıtıp paytak paytak yürüyorlar, ellerini pantolonlarına sokup durmadan pipileriyle oynuyorlar," diye karşılık verdiklerini de bilemezdi.

İnsanların bakışlarını kafasına takmak, tepkilerini ölçmek Tōru'cuk için çok uzak şeylerdi. Tōru'cuğun başkaları hakkında bir kez olsun kötü bir söz söylemişliği de yoktu. Onun zihninde kötü sözcüklere yer yoktu. Kimseye saldırmazdı. Diğer taraftan, sevmediği bir şeyi de kimse ona zorla yaptıramazdı. Sevdiği birini üzgün görürse çaresizce onu teselli etmeye çalışır, üzgün olduğundaysa kendi başına durmadan üzülür, kimseden yardım istemezdi.

Tōru'cuk koridordan geçip bahçenin sac levhalarla ayrılmış bölümüne gidiyor. Burada gökyüzü bile daracık bir kareyle sınırlandırılmış. Tōru'cuk, kesilen gökyüzü kendi bedeninden eksilmiş gibi hissediyor. Bahçenin sac levhalarla çevrili kısmının köşesinde çiçeklikler var. Eskiden beri oradalar ama levhalar güneş ışığını kestiğinden olsa gerek, çiçeklerin sayısı azalmış, sarmaşıklarsa her yeri kaplamış. Tōru'cuk kulağını sac levhaya dayıyor. Dışarıdaki bahçede oynayan bir sürü çocuğun sesleri duyuluyor. Sesler kimi zaman kuvvetli bir rüzgâra dönüşüp levhaları titretiyor. Daha fazla dayanamayan Tōru'cuk iki elini de sac levhaya dayıyor. Buz gibi soğuk ve sertler. Sac levhayı itmeyi deniyor. Temelleri sağlam bir şekilde zemine gömülü ve birer ikişer metrelik aralıklarla konulmuş, uzun metal çubuklarla desteklenmiş levha birazcık sallansa da devrilmiyor. Tōru'cuk yüzünü levhaya dayayıp dışarıdaki bahçeyi görmeye çalışıyor. Görememesine imkân yok. Ne de olsa avlu birleşik. Neresinden bakarsan bak geniş, tek bir bahçe var. Miyop gözlerini ne kadar kocaman açarsa açsın tek görebildiği sac levhaların griliği.

Tōru'cuk sac levhalar boyunca sağa doğru yürüyor. Karşısına, beton duvar çıkınca dönüp sola doğru yürümeye başlıyor. Bu sefer de karşısına koridor çıkıyor. Koridora girmeden yine dönüyor. Aynı hareketleri defalarca tekrarlıyor. Sonunda sac levhaların köşesinde duruyor. Ne oluyor acaba? Durup dururken yerden fena bir şey bitmiş de ona engel oluyor, bir türlü kaybolup gitmek bilmiyor. Dışarıdaki avluda oynayan çocukların sesleri boğuk bir şekilde bu tarafta yankılanıyor. Sesler bazen bir bütün halinde Tōru'cuğa çarpıp canını yakıyor. Tōru'cuk korkudan çömelip başını ellerinin arasına alıyor. Hep bildiği okul bahçesi ortada yok. Hep gittiği o bahçeye gidemiyor. Buradan hemencecik oraya gitmek istediği halde bu şey ona engel oluyor. Tōru'cuğun yüzü üzüntüyle çarpılıyor.

Kaç gün geçerse geçsin, Tōru'cuk muhtemelen aynı şeyleri tekrarlardı. Kaç gün geçerse geçsin korkmaya, üzülmeye devam ederdi. Korktuğu ne varsa; çizgi romanlarda gördüğü kılıçlar, mızraklar, hayvanat bahçesinde gördüğü gergedanların boynuzları, aslan ve kaplanların sivri dişleri, televizyonda izlediği, ağzından alev saçan canavarlar, gökyüzünden atılan bombalar, saklı yerlerden ateş eden toplar, başka gezegenlerden gelen tuhaf görünümlü uzaylılar, patlayan yanardağlar, yeryüzünde ne var ne yoksa yutup uzaklara götüren hortumlar, denizdeki kocaman dalgalar, yıldırımlar ve dev buzdağlarının, sac levhaların diğer tarafında bir araya gelip feryat figan yaygaralar koparak bir girdap oluşturduğunu görmeye başlardı. Olduğu yere çömelen Tōru'cuk korkudan titrer, inleyerek ağlardı. En azından kardeşi yanında olabilseydi ya. O da levhaların diğer tarafında kaybolup gitmişti.

Siyah, kırma bir köpek Tōru'cuğun yanına geldi. Annelerinin beslediği Perry'ydi bu. Perry, Tōru'cuğun sol kulakmemesini yaladı. Şaşıran Toru'cuk kafasını kaldırınca, Perry onun gözyaşlarıyla ıslanmış yanaklarını da yaladı. Daha sonra omzuna, kollarına burnunu yaklaştırıp Tōru'cuğu koklamaya başladı. Tōru'cuk ağlamayı bırakıp elini Perry'nin başına koydu. Perry sanki selam verirmiş gibi başını eğdi, sonra da sac levhaya doğru yürümeye başladı. Perry yürümeye devam edip sac levhayla burun buruna geldi. Perry'nin kafası o sert olması gereken levhanın içinde sessizce, hiçbir dirençle karşılaşmadan kayboldu. Sırayla ön bacakları, bedeni ve son olarak da kuyruğu levhanın içinden geçip levhada Perry'nin tıpkısı bir delik bıraktı.

Perry'nin sac levhada kayboluşunu gözlerini ayırmadan, şaşkınlıkla izleyen Tōru'cuk nihayet delikten gelen hafif bir esintiyi, havada süzülen gül kokularını, bir horozun "Ü-ürü-üüü!" diye neşeli ötüşünü, yem isteyen bir keçinin bağırışını, tavşanların zıplayışını, içlerinde küçük kardeşinin de olduğu çocukların gülüşmelerini, bağrışmalarını, birbirlerini çağırışlarını duyup hissetti.

Gözleri şaşkınlıktan kocaman açılan Tōru'cuğun kulağına bir köpeğin çekingen, tek seferlik havlaması geldi: "Hav!"

Tōru'cuk yalpalayarak doğrulup dudaklarını büzüştürerek aynı sesi çıkarmayı denedi: "Hav!"

Sonra da orada olmayan kız kardeşine anlatmaya başladı. "Bir köpek geldi. Sonra bir delik açıldı. Sen de gelsene çabucak."

Artık Tōru'cuktan çok daha yaşlı olan kardeşi cevapladı: "Anladım, ama sen bu tarafa gelsen daha iyi olur. Eğer delik küçükse ben büyütürüm. Sen Perry'yi bilmiyordun değil mi? Annemizin köpeğiydi."

Tōru'cuk kardeşinin sesini duyunca gülümsedi.

Sac levhalardan oluşan asıl bölme, duvar ilkokulun bahçesine dikildikten bir ya da iki yıl sonra gazetede haber oldu ve nihayet söküldü.

Eskiden küçük kardeş olan kız ellisine yaklaşınca annesinin evine dönüp onunla beraber yaşamaya başladı. Bir gün annesine, "Perry gibi bir köpek yine durup dururken ortaya çıkarsa ne yaparsın? Olacak iş değil ya neyse diye sordu.

Bahçeden gelen ışıkla gözlerini kısan anne, cevap olarak başıyla hafifçe onayladı.